COLETTE

OU LA

FILLE ADOPTIVE.

PAR

HIPPOLYTE VALLÉE.

Tome Premier.

Paris.

LECOINTE ET POUGIN, LIBRAIRES-ÉDITEURS
QUAI DES AUGUSTINS.
CORBET AINÉ, MÊME QUAI.
PIGOREAU, PLACE SAINT-GERMAIN-L'AUXERROIS,
MASSON ET YONNET, RUE HAUTEFEUILLE.

1833.

COLETTE.

IMPRIMERIE DE A. BARBIER,
Rue des Marais S.-G , n 17.

COLETTE

OU LA

FILLE ADOPTIVE.

PAR HIPPOLYTE VALLÉE.

—

Tome Premier.

PARIS.

LECOINTE ET POUGIN, LIBRAIRES-ÉDITEURS,
QUAI DES AUGUSTINS,

CORBET AÎNÉ, MÊME QUAI.
PIGOREAU, PLACE SAINT-GERMAIN-L'AUXERROIS.
MASSON ET YONNET, RUE HAUTEFEUILLE.

1835.

I.

La Chapelle Sainte-Nicole.

T. I.

1

La patrie
Est aux lieux où l'on est aimé.

CHAROT DE BOUIX.

Au milieu de l'antique forêt du Perche s'élève une petite chapelle dédiée à Sainte-Nicole, patrone de cette partie de la forêt.

Avant la révolution de 93, deux moines de l'abbaye de la Trappe venaient, à différentes époques de l'année, célébrer l'office divin dans cet oratoire fréquenté alors par de nombreux pèlerins arrivés de fort loin pour invoquer la sainte.

Aujourd'hui la chapelle subsiste, mais il n'y vient plus de pèlerins, et, bien que les moines de l'abbaye soient depuis plusieurs années rentrés dans leur monastère, la chapelle reste déserte.

Cependant le petit édifice est encore en bon état, l'autel est toujours orné de fleurs nouvelles, et la nappe qui le recouvre est d'une blancheur éblouissante.

Mais la fontaine où se puisait autrefois l'eau miraculeuse a presque entièrement disparu sous les débris du toit

qui l'abritait. Le bassin, comblé par
les terres qui se sont éboulées, est
couvert d'herbes aquatiques, et l'on ne
pourrait plus vanter, comme jadis, la
limpidité de cette eau si renommée
quelques années auparavant.

Un saint qui tombe en discrédit
perd ses adorateurs comme un roi
tombé du trône perd ses courtisans.
Avant cette révolution de 93, déjà
citée, un vieux moine était chargé de
garder et la source sacrée et la chapelle.

C'était le bon temps alors : les aumônes pleuvaient, et Sainte-Nicole
était d'un bon rapport.

Un enclos de quelques arpens four-
nissait au cénobite, des fleurs et des
fruits; un joli ermitage lui servait d'a-
sile.

On dit même que la cave de sa paisible demeure était beaucoup mieux

garnie que sa bibliothèque, et que plus
d'une fois il avait oublié de lire son
bréviaire en trouvant le fond de
maintes bouteilles d'un vin non moins
vieux, mais plus fort que lui.

Il mourut le brave homme, regret-
tant sa chapelle et sa cave, car toutes
deux avaient fait le bonheur de sa vie.

Il fut remplacé par un frère lai
dont la carrière ne devait pas être aussi
exempte d'orages que celle de son dé-
vancier.

Ainsi qu'un ouragan furieux, la tour-
mente révolutionnaire, après avoir
éclaté dans la capitale, pénétra dans
les provinces, et ses effets se firent sentir jusque dans le fond de la forêt du
Perche.

L'abbaye de la Trappe fut démolie
de fond en comble et ses habitans
dispersés.

Le gardien de la chapelle de Sainte-Nicole se plaisait sans doute à son poste, car il y resta : mais il jeta comme on dit le froc aux orties, rasa son menton, laissa croître ses cheveux, et comme il était fort bel homme plus d'une jeune fille devint amie de la révolution, par la seule raison qu'elle avait le pouvoir de métamorphoser de sales et puans moines en jolis garçons.

Il y avait peu de temps que la fête de Sainte-Nicole était passée, lorsque les religieuses furent expulsées de l'abbaye. Cette année, l'affluence des pèlerins avait été considérable et leurs aumônes abondantes.

Le frère lai s'en appropria sans doute le montant; car, peu de temps après, la chapelle, l'ermitage et l'enclos ayant été vendus comme biens nationaux, il trouva moyen d'acheter le tout à beaux deniers comptant.

Il est vrai que grâce à la considération dont jouissaient les trappistes dans le pays, de temps immémorial, personne n'osa mettre à l'enchère sur le père Hilarion.

Lorsque ce dernier fut établi dans sa propriété d'une manière incontestable, il songea à faire partager sa solitude à une compagne, et tout moine qu'il était, ou plutôt qu'il avait été, il ne lui fut pas très-difficile d'en trouver une.

Dans la révolution, comme avant et depuis, un homme jeune, beau et riche, et Hilarion passait pour être beaucoup plus opulent qu'il ne l'était en effet, ne manqua jamais de trouver une épouse.

Hilarion fut heureux dans son choix : il s'en applaudissait chaque jour.

Mais, à propos, il ne s'appelait plus Hilarion, en changeant d'habit il avait aussi changé quelque chose à son nom, et d'Hilarion en avait fait Hilaire.

Dire qu'il n'existait pas de femme aussi bonne que dame Hilaire, ce serait peut-être trop avancer ; mais, au moins, il n'y en avait pas beaucoup de meilleures.

Rien n'égalait donc le bonheur dont jouissaient nos deux époux. Le plus parfait que nous puissions goûter ici-bas est, je pense, celui d'une union bien assortie. Que reste-t-il à désirer lorsque la compagne que l'on s'est choisie répond à l'amour qu'elle inspire, et embellit, par ses soins et ses douces caresses, la route si difficile de la vie ?

Aussi Hilaire disait-il souvent en rendant grâce au ciel :

— Les cruels! de quel bonheur ils
voulaient me priver!... Bénie soit à
jamais l'heureuse révolution qui m'a
permis de secouer le joug affreux
sous lequel ils me tenaient asservi!...
Oh! vous tous qui vantez les douceurs
de la vie monastique, ou vous êtes
de grands fourbes ou le bonheur qui
est mon partage vous est inconnu.

Au fond de sa forêt, dans sa paisible
demeure, Hilaire ne voyait de la révolution que ce qu'elle avait d'avantageux pour lui; il était loin de se douter que ce qui faisait son bonheur
causait le malheur de tant de milliers
de ses semblables.

Cependant la chapelle de Sainte-Nicole était déserte; plus de pèlerins,
plus d'offrande.

Mais l'ancien trappiste n'en menait
pas moins une vie aisée. L'enclos, soi-

gneusement cultivé, rapportait plus qu'il ne fallait pour la maison. Le superflu, vendu à la ville voisine, suffisait pour acheter à madame Hilaire de beaux atours qui la faisaient regarder avec un peu de jalousie par les femmes des villages voisins lorsqu'elle en rencontrait quelques-unes aux marchés de l'Aigle ou de Mortagne.

On ne l'appelait que la femme du défroqué : elle le savait et avait le bon esprit d'en rire.

Peu lui importait : le défroqué la rendait si heureuse!

Une seule chose cependant manquait à ce couple heureux pour que sa félicité fût complète. Plus de trois ans s'étaient écoulés depuis le mariage d'Hilaire, et il n'avait pas encore d'enfant. Jamais monarques n'en désirèrent plus vivement que nos solitaires. Le ciel enfin combla leurs vœux : dame Hilaire devint enceinte, et grande fut la joie de son mari lorsqu'elle lui annonça cette bonne nouvelle.

Hilaire, en dépouillant l'habit monastique, n'avait point abjuré sa religion ; au contraire, il lui était resté attaché, mais sa dévotion était bien entendue et dégagée de fanatisme.

Il avait voué un culte particulier à la sainte dont il gardait précieusement les reliques. Dans sa simplicité, il crut, le brave homme, que c'était à sa puissante intercession auprès du Très-Haut qu'il était redevable de la fécondité de sa femme.

Dans un élan de reconnaissance, il jura que, malgré l'abandon dans lequel on laissait la chapelle de sa patrone, elle ne tomberait jamais en ruine tant qu'il aurait des bras ou de l'argent pour l'entretenir.

Voilà pourquoi, au bout de tant d'années, le modeste oratoire se trouvait encore en si bon état, et cependant...

II.

La Petite Colette.

> En examinant attentivement un enfant,
> il est rare que l'on ne puisse deviner quels
> doivent être un jour ses qualités ou ses dé-
> fauts prédominars.
>
> MAXIMES.

Il fallait voir de quelles délicates at-
tentions, de quels soins recherchés
madame Hilaire était l'objet ; son mari
avait pour elle presque autant de vé-

nération que pour sa sainte... Il fallait
entendre aussi les prières ardentes
que le pieux solitaire adressait à sa patrone et quel soin il mettait à orner son
temple pour se la rendre favorable.

Chaque jour aussi les deux époux
s'entretenaient du sort futur de leur
enfant : la dame le voulait brillant, les
mères sont ambitieuses; Hilaire demandait seulement qu'il fût semblable au
sien. Le bonheur dont il jouissait ne
laissait rien désirer à son âme simple
et bonne.

Élevé dans la solitude du cloître, il
ne connaissait rien de ce que dans le
monde on appelle plaisirs, et ce qu'il
en avait entendu raconter ne lui inspi-
rait pas le désir d'en goûter. Le poison
lui paraissait trop prêt du nectar : en
voulant user de l'un, il craignait de
prendre l'autre.

Hilaire était philosophe, mais c'était bien sans le savoir.

Ce raisonnement était juste et l'avait préservé de bien des chagrins!

Enfin vint l'époque où la petite colonie de Sainte-Nicole fut augmentée.

Dame Hilaire accoucha d'une fille : son mari aurait préféré un garçon, mais la nouvelle arrivée n'en fut pas moins la bien-venue : son père était trop juste pour lui savoir mauvais gré de naître d'un sexe plutôt que d'un autre.

Sa femme, pour ne pas le contrarier, avait feint de désirer un garçon. Dans le fond de son âme, elle faisait des vœux pour avoir une fille. Ses vœux étaient comblés : elle pleurait de joie en embrassant le petit être qui lui était si cher, et qui, vigoureux et bien

portant, paraissait devoir s'accommo-
der très-bien de la vie.

Fille ou garçon, il était convenu d'a-
vance, entre Hilaire et sa femme, que
leur enfant porterait le nom de la sainte
à laquelle tous deux croyaient fer-
mement qu'il devait en partie son
existence.

Nicole fut donc le nom que l'on
donna à l'héritière présomptive du défroqué, comme on disait dans le pays,
et le défroqué espérait, toujours avec
l'intercession de sa sainte protectrice,
être un jour aussi heureux père qu'il
avait été heureux époux.

Nicole n'est point un joli nom : il
fallait vraiment être aussi reconnais-
sant que l'était Hilaire et sa femme
pour le donner à leur fille; mais de Nicole on fit Colette, et la patrone du
lieu ne pouvait, sans trop de rigueur,

savoir mauvais gré à ses protégés
de ce léger mouvement d'orgueil paternel.

Colette grandissait, ses traits se for-
maient, se développaient, et elle devenait chaque jour plus intéressante,
plus jolie ; son caractère aussi promettait de répondre à l'extérieur le plus
séduisant. Hilaire, qui l'étudiait, en de-
meurait convaincu ; et comme c'était à
cela que tenait principalement le brave
homme, sa joie était aussi vive que
la tendresse qu'il portait à sa petite
Colette.

« Ma fille, aimait-il à répéter, sera un
jour jolie comme sa mère, et bonne
comme elle. »

Dame Hilaire payait ordinairement
d'un baiser ce véridique compliment.

Et un si doux sentiment dilatait
l'âme de l'ancien cénobite, que de

grosses larmes, coulaient de ses yeux.

Avec quelle reconnaissance, quelle effusion de cœur il remerciait le ciel de sa félicité, et comme la petite chapelle était entretenue ! De chaque côté de la niche où était conservée la statue de la sainte, deux beaux vases de cuivre, luisant comme de l'or, contenaient un bouquet des plus belles fleurs, toujours fraîches et exhalant les plus doux parfums.

Jamais, dans ses plus beaux jours, où sa réputation s'étendait au loin et lui amenait de nombreuses visites, sainte Nicole n'avait été mieux fêtée.

Et elle aussi ne se ressentit pas de la tempête révolutionnaire : son obscurité et la reconnaissance la sauvèrent de la proscription. Elle a fait bien d'autres miracles ; c'est de la reconnaissance que je veux parler.

Les premières affections de la gentille Colette furent partagées entre son père, sa mère et sainte Nicole. Sainte Nicole était de tous ses plaisirs et la consolait de toutes ses peines.

C'est toujours ainsi que l'on devrait peindre la divinité, et non pas en faire un despote orgueilleux, un tyran farouche toujours prêt à sévir et à se venger. Mais les hommes peignent comme ils sentent, et, au lieu d'être faits à l'image de Dieu comme ils le prétendent, il est plus juste de dire qu'ils font Dieu à leur image.

Quoi qu'il en soit, on ne connaissait que ses bienfaits à Sainte-Nicole, et nullement ses rigueurs. Le bonheur dont jouissaient ses heureux habitans était peut-être unique ; mais il faut convenir aussi qu'il existe peu d'hom-

mes aussi bons qu'Hilaire, de femmes
aussi douces, aussi aimables que la
sienne.

La France, cependant, commençait
à sortir de la terrible crise qu'elle venait d'essuyer plus forte et plus brillante que jamais; un astre sorti de
la tempête dissipait les orages qui
grondaient encore, et allait rendre à
la patrie sa sérénité si long-temps
troublée.

Les églises furent rouvertes; mais
non ces horribles sépulcres où s'en-
gloutissaient toutes vives, chaque année, de nombreuses et lamentables
victimes. L'abolition des vœux perpé-
tuels, la destruction des couvens, ne
seront pas un des moindres bienfaits
dont l'humanité sera redevable à la
glorieuse et terrible révolution de
1793.

La liberté avait chassé le fanatisme
et la superstition, ou du moins les
avait, pour quelque années, exilées de
la France, qui venait de secouer leur
joug. La féodalité, reléguée dans sa
terre natale, voulait en vain franchir
l'insurmontable barrière qu'un peuple
magnanime avait, après de longs siècles de souffrances, élevée pour jamais
entre elle et lui.

Les acquéreurs des biens nationaux
furent maintenus dans leurs propriétés légitimement acquises ; et aucun
des anciens moines de la Trappe ne
vint demander à Hilaire d'où provenait l'argent avec lequel il avait acheté
son petit domaine.

Le temps des miracles était passé.
On ne vint plus visiter la fontaine, et
ce grand événement qui changea toute

là face de l'Europe, ne changea rien
au sort de notre solitaire.

Colette avait atteint sa dixième année, son père lui avait appris à lire,
avait orné sa mémoire de quelques
fables qu'elle retenait avec facilité,
qu'elle répétait avec grâce. Mais Colette était la simplicité même : jamais
ses courses les plus lointaines ne s'é-
taient étendues au-delà du village voisin ; les arbres de son verger, ceux de la
forêt, les fleurs du jardin, les animaux
de la basse-cour ou de l'étable, voilà
tout ce qu'elle connaissait de la nature.

Un sauvage de l'Amérique en savait
à cet égard autant qu'elle.

Son père n'en connaissait guère plus,
et cependant il était heureux, et peut-
être la situation où il se trouvait est-
elle la seule où on puisse espérer rencontrer le bonheur.

III.

La Saint-André.

Jamais rien de plus beau ne s'offrit à ma vue;
Et de tant de beautés mon âme était émue.

ANONYME.

Dame Hilaire, fière de sa fille, aurait voulu la montrer à toutes ses connaissances, et faire envier son titre d'heureuse mère comme on lui enviait déjà celui d'heureuse épouse; mais Hilaire, bien qu'il ne refusât jamais à sa femme rien de ce qu'elle lui demandait, s'était toujours jusqu'alors opposé au désir qu'elle avait d'emmener sa fille avec elle au marché de la ville voisine.

L'hiver approchait, et cette saison nécessitait quelques emplettes. La femme du défroqué comptait les aller faire à la foire de la Saint-André, qui attire à Mortagne un grand nombre d'habitans des campagnes qui l'avoisinent.

Dame Hilaire pria tant, sollicita tant son mari qu'il consentit enfin à ce que la petite Colette fût du voyage. La joie naïve de la jeune solitaire éclata par mille transports, car la Saint-André est la principale foire de Mortagne, et c'était une double fête pour Colette que de voir en même temps une foire et une ville.

Mortagne est assez pittoresquement situé; on l'aperçoit de loin, et Colette, qui jusqu'alors n'avait jamais rien vu de plus élevé que la cime des chênes de la forêt, trouvait les clochers d'une prodigieuse hauteur.

Enfin elle arriva, et ses yeux ne pouvaient se lasser d'admirer toutes les choses étonnantes et nouvelles qui se présentaient à ses regards.

Ce fut d'abord un déluge de questions, adressées à sa mère, auxquelles celle-ci, occupée d'affaires plus importantes, négligea de répondre.

Colette fut donc obligée d'admirer seule et en silence.

Sa petite mine effarée frappait les passans.

Un fashionable d'une vingtaine d'an-

nées, donnant le bras à une jeune
femme aussi élégante que jolie, faisait
remarquer à cette dernière la petite
paysanne, et paraissait jouir de son
étonnement et de sa joie.

Colette, quoique timide comme on
l'est à son âge, se sentait encouragée
par les mines agaçantes du beau cita-
din, et, en souriant, elle lui laissait
voir les plus jolies petites fossettes que
jamais Cupidon ait creusées, dans ces
joues fraîches et veloutées, sur les-
quelles il aime tant à se reposer.

— Vois donc, Adèle, comme cette
petite fille est jolie!

— Je la trouve comme toi, Frédéric.

— Tu ne verras jamais de plus beaux
yeux, à moins que tu ne regardes dans
ton miroir.

— Oh! même en y regardant, je ne
pourrais m'empêcher de trouver les

siens superbes, dit en souriant la jolie femme, flattée du compliment qui lui était adressé.

Colette qui avait tout entendu était rouge de plaisir. Jamais, chez son père, elle n'avait entendu faire ainsi l'éloge de sa beauté, et son petit cœur féminin en était flatté: elle se retourna et sourit au joli couple. Pour cette fois, il y avait un peu de coquetterie dans son petit manège.

Madame Hilaire avait rencontré une femme de sa connaissance, et tout entière à l'entretien qu'elle avait entamé avec elle, elle ne s'occupait guère de sa fille qu'elle tenait cependant par la main. Colette ne l'aurait pas lâchée pour tout au monde: elle aurait craint de perdre sa mère dans la foule et de ne la plus retrouver. Cependant elle éprouvait un sentiment pénible en

voyant s'éloigner ces deux aimables
inconnus. La jeune femme, avant de
disparaître, fit à la jeune villageoise
un signe d'adieu que celle-ci répéta,
et elle ne la vit plus.

Bientôt un nouveau sujet de dis-
traction se présenta et fit oublier à
Colette son affection passagère. A cet
âge, les sensations glissent sur l'âme
comme les couleurs sur le prisme ; le
chagrin succède avec autant de rapi-
dité à la joie que la joie aux larmes,
et souvent même ces deux sentimens
agitent l'enfance à la fois.

Les jours sont fort courts à la fin de
novembre et un temps nébuleux avait
encore hâté le retour de la nuit. Jamais heures ne s'étaient aussi promptement écoulées pour Colette que celles qu'elle venait de passer à Mortagne. Il fallait en partir. On avait qua-

tre grandes lieues à faire pour rega-
gner Sainte-Nicole, et bien que les
chemins fussent beaux et la forêt sûre,
il y aurait eu de l'imprudence à s'y en-
gager trop avant dans la nuit.

Pendant le trajet, la jeune fille re-
passa dans sa tête tous les événemens
de cette journée, qui fit époque dans
sa vie. Lorsqu'elle fut arrivée, son père
prit plaisir à lui faire raconter tout ce
qui l'avait frappée. Colette parla beaucoup, et l'étranger et son épouse ne
furent pas oubliés; mais personne ne
fit attention à cette rencontre.

IV.

Un Étranger.

Qui donc a prétendu que l'intention
devait être réputée pour le fait ? Quelle
fausse maxime !

Près d'un mois s'était écoulé depuis
le voyage de Colette à Mortagne, et
mettre l'entretien sur ce sujet était
le plus grand plaisir que l'on pût lui
faire.

Elle tourmentait sa mère pour y retourner avec elle, lorsque la monotonie de l'existence des habitans de Sainte-Nicole fut interrompue par un événement peu important par lui-même, mais dont les suites eurent une trop grande influence sur la vie de notre héroïne pour qu'il nous soit permis d'en omettre le moindre détail.

On se couche de bonne heure à la campagne : après toute une journée employée à de durs travaux, on entend avec plaisir sonner l'heure du repos; mais à Sainte-Nicole surtout, dont jamais aucun voisin ne venait troubler la solitude, on se couchait presque avec le soleil dans les beaux jours, et, à la vérité, on se levait de même.

Cette fois, de gros nuages avaient hâté la chute du jour, et bientôt un effrayant orage accompagné d'une forte pluie, fit retentir les antiques échos de la forêt.

Hilaire parlait de temps en temps à sa fille pour la rassurer. Il n'était cependant pas trop rassuré lui-même, car la violence du vent était telle que le toit du vieil ermitage craquait horriblement. Jamais encore il ne s'était vu une telle nuit.

— Mon Dieu, femme, dit-il tout-à-coup en se levant sur son séant, il me semble que j'ai entendu le son d'une voix humaine.

— Tu te trompes, mon ami, ce sont les mugissemens du vent et rien autre chose....

— Je te dis que j'entends quelqu'un se plaindre.

— Tu t'abuses... qui veux-tu qui soit à pareille heure dans cette partie de la forêt?

— Que sais-je, moi? quelque voyageur égaré, peut-être.

Un voyageur! mais le chemin qui conduit ici ne mène pas plus loin et est à peine praticable. Depuis que nous sommes ici, y vis-tu jamais passer un étranger?

Mais, tiens, écoute donc, femme... n'entends-tu pas? vas-tu donc encore dire que je me trompe?

Dame Hilaire prêta une oreille attentive, et dit après quelques instans :

C'est vrai : j'entends quelqu'un se plaindre, mais je tremble... ne serait-ce point quelque piége pour t'attirer dehors ?

— Eh! ma chère amie! qui veux-tu donc qui me tende des piéges ?

— Quelque malfaiteur.

— Je n'ai pas d'or.

— On croit que tu en possèdes.

—Rassure-toi... il faut que je m'assure si mes secours ne peuvent pas être utiles à un de mes semblables.

— Au moins, ne sors pas sans armes.

— Je m'en munis, bien que je pense qu'elles me seront inutiles.

Il ralluma la lampe, passa à la hâte quelques vêtemens, prit un pistolet et ouvrit la porte.

La pluie tombait par torrens : on eût dit un second déluge, et l'orage grondait encore, quoique les coups de tonnerre fussent plus sourds et parussent s'éloigner.

Il écouta pendant quelque temps, et des gémissemens bien distincts vinrent frapper son oreille.

—Eh bien! femme, m'étais-je trompé?

— Oh! non, non; il y a ici près quelqu'un qui se plaint.... Réveille nos

garçons, Hilaire; allez voir ce que
c'est; mais pour Dieu, ne t'expose
pas seul, mon ami, je t'en supplie !

Hilaire ne jugeait probablement pas
qu'il fût nécessaire de prendre tant
de précautions, car avant que sa
femme eût cessé de parler il était
déjà loin.

Elle se leva, effrayée et recomman-
dant son mari à Dieu, à ses saints et
surtout à la patronne de Colette.

Elle se rassura cependant un peu
en pensant qu'il ne comptait pas d'en-
nemis parmi ses voisins : l'envie que
l'on portait à son bonheur n'allait pas
jusqu'à la haine ; joint à cela qu'Hilaire était bien l'être le plus inoffensif
qu'il y eût au monde.

Muni de sa lanterne et son pistolet
à la main, il se dirigea vers l'endroit
d'où il lui paraissait que les cris étaient

partis. A chaque pas, il s'arrêtait et prêtait l'oreille ; mais aucun son ne venait la frapper.

Il appela : aucune voix ne répondit à la sienne.

Il allait rentrer ; car la pluie qui continuait à tomber avait déjà traversé ses vêtemens, lorsqu'il lui sembla apercevoir quelque chose d'assez volumineux étendu à terre non loin de lui.

Il s'en approcha.

C'était un homme enveloppé dans un manteau.

Cet homme était ou mort ou profondément évanoui, car il ne donnait aucun signe de vie.

Hilaire appela du secours : il n'était pas assez loin de son habitation pour que la voix ne pût y parvenir, et quel-

ques minutes après, un de ses domestiques arriva.

Tous deux portèrent l'étranger à
l'ermitage.

Ils le débarrassèrent de son manteau.

C'était un homme d'une cinquan-
taine d'années.

Ses vêtemens annonçaient l'aisance.

Une forte contusion à la tête avait
sans doute causé son évanouissement.

L'eau coulait de ses vêtemens; il était
ce qu'on appelle trempé jusqu'aux os.

Pendant que les hommes le désha-
billaient, dame Hilaire bassinait le lit,
on l'y plaça, on lui frotta les tempes
avec de l'eau-de-vie et de l'eau, faute
de mieux : on bassina sa plaie, qui ne
paraissait pas dangereuse, quoique
assez profonde, et on y posa un ap-
pareil.

Ces soins produisirent leur effet ;
peu-à-peu il revint à lui.

— Où suis-je? dit-il d'une voix faible, en jetant autour de lui des regards étonnés.

— Chez un homme pauvre, répon-
dit Hilaire, mais pour lequel les lois de
l'hospitalité sont sacrées.

L'étranger attacha sur son hôte un
œil qui commençait à reprendre de la
vivacité, et lui présentant la main :

— Je vous crois, lui dit-il, il y a dans
votre voix un ton de vérité qui me
persuade... Y a-t-il long-temps que vous
m'avez recueilli?

— Quelques heures seulement.

— L'orage a effrayé mon cheval; il
s'est emporté et j'ai vidé les étriers. La
violence de ma chute a été telle que
j'ai perdu connaissance, et, depuis ce

moment, j'ignore ce que je suis devenu.

Hilaire lui raconta comment il l'a-
vait trouvé.

Aussitôt que le temps le permit, un
domestique fut envoyé à la recherche
du cheval. Il le ramena bientôt.

Chacun avait besoin de repos, on
s'y livra, et dès le lendemain, l'hôte
d'Hilaire se ressentait à peine de l'é-
vènement de la veille.

Au bout de deux jours, il pouvait
sortir, et le troisième, il franchit le
seuil de la demeure hospitalière du
défroqué.

Conduit par la gentille Colette, il exa-
minait dans tous ses détails le petit
domaine d'Hilaire.

La chapelle ne fut pas oubliée. Colette s'agenouilla devant l'image de la

sainte, et récita dévotement une courte prière.

L'étranger en fit autant, la dévotion de la jeune fille était entraînante, et il y avait si peu de temps que le danger était passé que l'inconnu pouvait encore penser à remercier la divinité de l'en avoir tiré. Car nous savons qu'il est des hommes qui ne sont pieux qu'au moment du péril, et qui oublient, lorsqu'ils sont sauvés, les vœux que leur avait arrachés la crainte de la mort.

L'oraison terminée, Colette et l'inconnu reprirent le chemin de l'ermitage, où un déjeuner frugal était préparé.

Ils y firent honneur. Rien ne donne de l'appétit comme une promenade matinale.

Le repas terminé, une conversation

dont nous allons rendre compte, s'enga-
gea entre l'inconnu et ses hôtes.

— Vous menez ici une vie bien paisible, leur dit-il.

— C'est vrai, répondit l'ancien trap-
piste, nous ne connaissons aucun des
soucis dont on dit que la vie est se-
mée : mais la monotonie de notre existence effraierait ceux qui sont habi-
tués aux plaisirs du monde. Nos goûts
sont simples, nos jouissances également : elles suffisent à notre bonheur,
et nous n'adressons d'autres vœux au
ciel, que de le conserver tel qu'il lui
a plu de nous l'accorder jusqu'à ce
jour.

L'étranger soupira profondément et
des larmes brillèrent dans ses yeux.

— Hélas! dit-il, que votre sort me paraît digne d'envie... que n'ai-je les mê-
mes actions de grâce à rendre au ciel...

ma vie a toujours été agitée..... Je
croyais avoir atteint le terme de mes
chagrins, et ceux qui étaient réservés
à mes vieux ans sont les plus cruels
que j'aie jamais eu à essuyer.

— L'homme ne doit jamais se dé-
sespérer : la bonté de l'Eternel est iné-
puisable, et sa volonté peut d'un moment à l'autre changer en joie votre
affliction profonde.

— La mienne ne peut être conso-
lée : elle me suivra dans la tombe où
elle me conduira bientôt.

— Je suis fâché de la tournure que
cet entretien a prise : il me semble qu'il
a réveillé chez vous de pénibles souvenirs.

— Ils ne me quittent jamais.... ce
voyage, qui a failli m'être si funeste,
avait pour but de hasarder une dernière démarche... mais je ne la ferai

pas... non, non... je n'irai pas plus loin... un pressentiment secret me dit que je n'en retirerais que de nouveaux sujets de chagrin.

— Mon cher monsieur, j'ignore de quelle nature sont ceux dont vous vous plaignez si amèrement, je ne puis donc vous consoler ; mais je pense que dans telle situation qu'il se trouve, l'homme ne doit jamais perdre ni l'espérance ni le courage. La main qui le frappe peut venir à son aide.

— Vous croyez.... mais, hélas ! depuis long-temps je ne compte plus sur les secours d'en haut.... la source de mes larmes ne peut être tarie.... le mal qui m'a été fait est irréparable.

— A moins que la mort...

— La mort... oui, oui, la mort ne rend pas ses victimes... j'ai vu les yeux

de la compagne de ma vie s'éteindre
dans les larmes...

—Je vous plains...

— Mais à quoi bon vous affliger en
vous entretenant de mes malheurs?

—Eh! je vous parle bien de ma joie...
vous ne seriez pas ici un mois que je
voudrais vous voir réconcilié avec la
vie qui paraît vous être à charge.

— Si je ne craignais d'être indis-
cret, je vous prierais de me permettre
de rester quelques jours dans votre
solitude.

Hilaire consulta sa femme des yeux,
et voyant que la proposition de l'inconnu ne lui était pas désagréable:

—Vous pourrez, monsieur, lui dit-il,
rester ici autant qu'il vous plaira. Votre présence ne peut que nous hono-
rer, et tous tant que nous sommes ici

nous tâcherons de rendre efficace le remède dont je vous disais tout-à-l'heure d'essayer.

— Que ne vous ai-je rencontré plus tôt! mais enfin vous ranimez un espoir depuis long-temps éteint, et je crois déjà éprouver la bénigne influence de cet heureux séjour.

Et en effet, de jour en jour l'étranger paraissait moins soucieux; son front était moins sévère, et parfois même, les gentillesses de la petite Colette parvenaient à lui arracher un sourire. Parfois aussi ses grâces enfantines excitaient ses larmes : il sortait alors et allait dans la solitude de la forêt s'abandonner à une douloureuse rêverie.

V.

Proposition.

Loin des châlets qui m'ont vu naître,
Vers la cité portant mes pas,
Mon cœur séduit voulut connaître
D'autres plaisirs, d'autres climats.

                                    CHANSON.

L'étranger se nommait Valmincourt.
Il l'apprit à ses nouveaux amis, car
bientôt il donna ce titre à ses hôtes et
les regarda comme tels.

Il leur apprit également qu'il était riche.

Il ne les mit au fait d'aucune particularité de sa vie. Ni Hilaire ni sa femme ne pensaient à le forcer à une confidence qu'il ne paraissait pas disposé à faire.

Valmincourt savait donc toute l'histoire des habitans de Sainte-Nicole avant que ceux-ci sussent de lui autre chose que son nom.

Sans qu'il leur eût fait part de son opulence ils avaient eu pour lui les plus grands égards; depuis qu'ils le savaient riche, il n'y avait eu rien de changé dans leurs procédés.

Cependant plus de quinze jours s'étaient écoulés depuis l'arrivée de l'étranger, et il ne parlait point de quitter la solitude de la forêt; chaque jour, au contraire, il paraissait s'y plaire davantage.

On s'était habitué à lui, et lorsqu'il annonça à ses hôtes qu'il les allait quitter, ce fut pour toute la famille un véritable sujet d'affliction.

Mais personne ne fut plus affecté de ce projet de départ que Colette, et elle en témoigna hautement son affliction. Elle s'était habituée à cet étranger qu'elle guidait dans la forêt, et qui, s'amusant de son petit raisonnement, passait volontiers la majeure partie de son temps avec elle. Il avait beau lui promettre de revenir la voir, rien ne pouvait la consoler.

Un jour qu'elle témoignait son chagrin devant toute la famille rassemblée:

— Eh bien! dit Valmincourt, il y aurait un moyen de tout concilier et

qui ne dépend absolument que de
vous, mon cher Hilaire.

— De moi, monsieur ?

— Oui, l'attachement que me té-
moigne cette chère enfant, m'éclaire
aussi sur celui que j'ai conçu pour elle.
Si vous le voulez, Hilaire, nous ne
nous quitterons plus.

— Comment cela, monsieur ?

— Nous ne nous quitterons plus,
et la résolution que je prends en ce moment, pour être subite, n'en sera pas
moins durable... J'avais déjà pensé.
mais je voulais attendre... les larmes
de Colette m'ont décidé.

— Mais, à quoi ?

— Écoutez-moi : avant tout, faites
venir votre femme, ce n'est que devant
elle que je veux m'expliquer... Peut-
être aussi plaidera-t-elle ma cause !

Dame Hilaire fut appelée.

Elle arriva, et Valmincourt continua
en ces termes:

Je vous l'ai dit: je suis riche... je
suis veuf; ma fortune est légitimement
acquise... c'est à mon industrie que
je la dois... Personne n'a le droit de
m'en demander compte et de m'empêcher d'en disposer à mon gré; personne!
je vous le dis... personne au monde....
Et il s'enflammait en disant ces mots,
comme si quelqu'un lui eût soutenu
le contraire... Il donna même sur la
table un tel coup de poing que toute
la vaisselle dont elle était couverte en
sauta. Puis, réfléchissant combien un
tel mouvement de vivacité pourrait
paraître messéant, le brave homme en
rougit et pria madame Hilaire de le
lui pardonner.

—Pardon, dit-il, pardon, je me suis
emporté; mais, c'est que, voyez-vous,

j'ai pensé à quelque chose dont je ne puis guère m'occuper de sang-froid, et que je vous expliquerai plus tard... mais ce n'est pas de cela qu'il est question pour le moment... je me fais vieux... je m'ennuie seul...

Excusez-moi, monsieur, excusez, dit dame Hilaire, si je me permets de vous interrompre : vous avez été marié ?

Cette question parut embarrasser Valmincourt, et il prit son temps pour y répondre. Incapable d'en imposer à qui que ce fût, et bien qu'il fût visible qu'il lui répugnait d'entrer dans des détails, il dit :

— Oui, madame Hilaire, oui... j'ai été marié.

— Et votre femme ?

— Le ciel l'a rappelée à lui : la terre n'était pas digne de posséder un tel ange.

— Elle ne vous a pas laissé d'enfans?

Valmincourt essaya de répondre; mais sa figure devint pâle et un tremblement convulsif agita ses lèvres.

Il se remit cependant.

— Par pitié, ma chère hôtesse, ne poussez pas plus loin vos questions... elles me déchirent l'âme... Je suis un honnête homme... nul n'a de reproches à m'adresser... Contentez-vous pour aujourd'hui de l'assurance que je vous en donne... et plus tard j'entrerai avec vous dans de plus amples détails... Revenons au premier point... je vous l'ai dit... je ne veux plus rester seul, et, si vous le voulez, nous ne formerons plus qu'une famille.

— Une famille ! y pensez-vous, monsieur Valmincourt?

— Oui, j'y ai pensé, et mûrement... j'ai prévu toutes vos objections et je

suis prêt à y répondre. Les chagrins
dont j'ai été abreuvé depuis quelque
années m'avaient dégoûté des hommes
et de la vie. Je voulais vivre seul, absolument seul, ayant le moins possible de communication avec le reste
de mes semblables. Dans cette intention, je congédiai mes domestiques,
fermai ma maison et me mis à voyager.... Hélas! je me faisais illusion à
moi-même, mes chers amis, je pour-
suivais ce que je croyais fuir... j'y ai
renoncé, oh! renoncé formelle-
ment....

A peine reçu parmi vous, je me
sentis enclin à vous aimer. Voilà des
gens tels qu'il me les faut, pensai-je, et
dès lors je formai le projet de ne plus
vous quitter. Voici comment je pourrai
le mettre à exécution.

Je ne veux plus m'occuper de

rien ; j'ai assez travaillé et je suis assez riche pour me reposer maintenant.

— Mes biens sont considérables, et je veux en confier l'administration à un homme sur la probité et l'intelligence duquel je puisse me reposer. Cet homme, c'est vous, mon cher Hilaire, et je voudrais également que votre épouse voulût bien se charger du soin de diriger ma maison. Ce n'est point comme intendant que je prétends vous employer, nous vivrons en amis, et si l'un de nous est redevable aux autres, certainement, ce sera moi.

— Tant de confiance nous honore, Monsieur; mais nous ne pouvons profiter de vos bonnes intentions. Nous avons assez de ce que nous rapporte cette petite ferme et nous ne pouvons nous charger d'autres travaux

— Vous loueriez ce petit domaine

et vous m'accompagneriez à Paris.

— Nous quitterions notre solitude...
oh! non, non, monsieur, ne l'espérez
pas, nous y sommes trop heureux,
n'est-ce pas, femme?

— Mais, mon ami..... il n'y a pas
qu'à Sainte-Nicole que l'on puisse être
heureu x.

— Quoi! tu te laisserais tenter par
les propositions de monsieur?

— Oh! non, ce n'est pas pour moi
que je t'engage à y réfléchir.... mais,
notre chère enfant passera-t-elle sa vie
dans ce désert?

— Et pourquoi pas, femme, si
comme nous elle y trouvait le bonheur?

— Je ne crois pas, mon ami.

— Comment cela?

— Colette aime la ville, depuis notre

voyage à Mortague, elle ne fait qu'en parler.

— Voilà ce que je craignais... j'avais raison de m'opposer à ce qu'elle t'accompagnât.

— Mon cher Hilaire, vous êtes trop juste pour condamner cette fleur charmante à végéter ainsi dans ce désert... Colette est faite pour être l'ornement de la société, et il y aurait de l'injustice à vous de vouloir l'en priver.

— Oh! monsieur, je ne suis pas d'accord avec vous à cet égard... Vous aimez cet enfant, et vous voulez l'entraîner dans un monde où mille piéges s'ouvriront sous ses pas.

— Ne serez-vous pas auprès d'elle pour la guider? personne ne songe à vous en séparer un moment.

— Et moi-même, n'aurais-je pas plutôt besoin d'un guide... Non, non,

monsieur, j'ai passé ici la plus belle
partie de ma vie... je veux que cet
humble toit serve d'asile à ma vieillesse.

— Écoutez au moins jusqu'au bout
ce que j'ai à vous dire, mon cher Hilaire, et vous jugerez vous-même si
vous devez ou non accéder à ce que je
vous propose.

— Parlez...

— Nous nous rendrons immédiate-
ment à Paris, et une fois installé nous
nous occuperons de l'éducation de votre fille et la placerons, à cet effet, dans
un des pensionnats les plus renommés.

— Vous me disiez tout à l'heure
que je ne serais jamais séparé d'elle,
et déjà...

— Eh bien ! non, vous ne la quit-
terez pas..... je ferai venir chez moi
les meilleurs maîtres, et elle restera

sous vos ailes, ce qui ne vaudra peut-
être que mieux... nous la marierons
ensuite, et je lui donnerai une dot de
vingt mille francs.

— Vingt mille francs! s'écrièrent
les deux époux.

— Oui, vingt mille francs, répéta
Valmincourt, et il se pourrait bien
même que je doublasse cette somme :
tout cela dépendra des circonstances...
de plus, je lui assure, après ma mort,
six mille livres de rentes; et à vous,
je vous en fais de suite trois mille...
eh bien! prononcez maintenant : cela
vous va-t-il?

Hilaire et sa femme, les yeux ou-
verts, la bouche béante, restaient in-
terdits.

Madame Hilaire retrouva la première l'usage de la parole et s'en ser-
vit.

— Monsieur ne parle sans doute pas sérieusement, dit-elle.

— Si sérieusement, s'écria Valmincourt, que je suis prêt à passer acte de tout ce que je viens de vous dire, et pardevant notaire.

— Eh bien! Hilaire, que penses-tu, parle donc !

— Monsieur, vous nous tentez...... si nous succombons et que nous venions à nous en repentir un jour, dites-le moi, monsieur, sera-t-il en votre pouvoir de nous rendre le bonheur que nous aurons perdu?

— Si j'insiste aussi vivement pour que vous acceptiez mes offres, c'est que je ne prévois pas que vous ayez jamais à le regretter.

— On ne peut, sans y réfléchir, rejeter ou accepter une telle proposition.

— Je ne pars plus, je reste, et vous

accorde, pour prendre une décision,
huit jours, quinze jours, un mois s'il
le faut..... nous mûrirons mon projet
tous ensemble, et je suis certain que
nous ne quitterons Sainte-Nicole que
pour le mettre à exécution.

Colette montra une joie folle en
apprenant qu'elle n'allait pas être obligée de se séparer de son nouvel ami.
Quant au reste, il lui importait peu,
et cependant son avenir venait d'être
fixé. Mais le présent l'occupait seul
alors. Elle ne songeait nullement aux
temps qui devaient lui succéder. Heureux âge où aucune des illusions n'est
encore dissipée, que ne durez-vous
plus long-temps !

V.

Paris.

Un confus amas de maisons,
Voilà Paris.

Après maintes discussions avec Hilaire, M. Valmincourt, qui avait pour lui l'assentiment de la dame du lieu, l'emporta, et on connaît la vérité de cet ancien proverbe :

« Ce que femme veut Dieu le veut. »

Le pauvre Hilaire quittait bien malgré lui le modeste asile qui depuis tant d'années abritait sa tête et où il avait goûté les douceurs de l'hymen et de la paternité ; mais il le faisait pour complaire à sa femme, pour assurer le sort de sa fille chérie à laquelle il ne pouvait laisser qu'une fortune plus que médiocre.

M. Valmincourt, non-seulement n'était pas revenu sur ce que d'abord il avait énoncé, mais la joie de voir adopter un projet à l'exécution duquel il croyait son bonheur attaché, l'avait engagé à faire encore plus qu'il ne l'avait d'abord promis.

Toutes ces considérations étaient

puissantes... Hilaire se le disait, se le répétait vingt fois le jour, et n'en éprouvait pas moins un serrement de cœur toutes les fois qu'il pensait qu'il allait s'éloigner de Sainte-Nicole.

Et il eût fallu qu'il fût bien ingrat s'il avait quitté sans regrets la paisible retraite où il végétait à la vérité, mais où le malheur n'était jamais venu troubler le cours paisible de sa vie, où il n'avait jamais goûté ce que dans le monde on est convenu d'appeler plaisirs, mais où jamais aussi ni les tourmens de l'inquiétude, ou l'ambition ne lui avaient été connus.

Hilaire, quoiqu'il ne connût pas beaucoup le monde et ne pût ainsi apprécier la perte qu'il allait faire, n'en était pas moins persuadé que la générosité de M. Valmincourt ne pourrait jamais lui tenir lieu des sacrifices qu'il faisait pour lui.

La petite maison et ses dépendances furent louées à un parent de madame Hilaire.

Le propriétaire y retint une chambre, dans le cas où il lui plairait d'y venir passer quelques jours. Il n'avait pas oublié d'insérer dans le bail des clauses expresses, pour que la petite chapelle continuât à être entretenue avec le plus grand soin.

Le successeur d'Hilaire était un homme bon et simple, disposé à suivre en tout les instructions que lui donnait son cousin.

S'il en eût été autrement, Hilaire n'aurait peut-être pas eu le courage de quitter Sainte-Nicole.

La veille de son départ, l'ancien trap-piste, après avoir empaqueté et em-

ballé tout ce qui devait le suivre, se fit
accompagner par son parent et le conduisit dans tous les principaux endroits
de l'habitation, lui répétant les chan-
gemens qu'il avait à faire, ce qu'il devait conserver ou enlever.

Leur course se termina à la chapelle.

Hilaire renvoya son cousin, entra
dans le petit oratoire et y pria long-
temps.

Lorsqu'il en sortit, ses yeux étaient
rouges : il était évident qu'il avait beaucoup pleuré.

Ce qui le chagrinait le plus, c'était
l'indifférence avec laquelle Colette se
disposait à quitter le lieu de sa naissance.

Elle ne voyait dans ce changement de
situation que des sujets de plaisirs
pour elle, un voyage, un déplacement;

Quelle jeune fille ne s'y serait pas montrée sensible! Depuis qu'elle était allée à Mortagne, Sainte-Nicole lui paraissait si triste qu'elle ne s'y plaisait plus. L'élégance des citadines l'avait séduite. Elle se souvenait de la jolie femme qui l'avait complimentée sur sa beauté, et elle avait la prétention de vouloir lui ressembler un jour.

M. Valmincourt l'avait habituée à l'appeler son ami.

Son ami, donc, lui avait fait venir de la ville de jolis habits et des bijoux. La petite coquette n'était pas fâchée d'avoir à les montrer à toute autre chose qu'aux arbres de la forêt ou à la statue de la chapelle.

Elle serait même partie sans aller faire à sa patronne une visite d'adieu, si son père ne lui eût rappelé qu'elle avait ce devoir à remplir.

Et cette ingratitude fit au pauvre solitaire un mal inexprimable.

On ne fait jamais bien ce que l'on est forcé de faire : Colette, pour obéir à son père, se rendit à la chapelle ; mais elle pria sans ferveur et ne donna pas le moindre signe d'attendrissement en s'éloignant peut-être pour jamais de l'humble temple de sa divine protectrice.

Hilaire, qui a suivi sa fille, a tout vu, tout remarqué, et son indifférence le peine.

— Colette a un mauvais cœur, se dit-il; un jour peut-être, elle nous abandonnera avec autant de sang-froid qu'elle quitte aujourd'hui le toit qui l'a vu naître. Ah ! monsieur Valmincourt, je le crains bien, vos bienfaits n'atteindront pas le but que vous en attendez, et ce que vous faites pour no-

tre bonheur pourra bien n'être pour
nous qu'une source de chagrins !

Et gardant pour lui ces tristes pres-
sentimens, car il ne veut pas affliger sa
femme, qui ne voit aussi que bonheur
dans tout ce changement, il renferme
dans son cœur et sa tristesse et ses
craintes, deux sentimens qui jusqu'a-
lors lui étaient inconnus.

La nuit s'écoula san q l'Hilaire pût
trouver un moment de repos. Hélas !
que devait donc produire la fortune,
puisque l'espoir d'en jouir produisait
déjà de tels effets !

Sa femme aussi était agitée : au moment de quitter pour jamais son paisible asile, elle le regrettait.

Colette aussi ne ferma pas l'œil;
mais tous trois avaient un différent
motif d'insomnie.

Valmincourt fut le seul qui dormit:

il avait de cuisans chagrins, mais il espérait les oublier au milieu de ses nouveaux amis, et il attendait le bonheur d'une résolution qui causait les transes du bon Hilaire.

Enfin arriva le moment de quitter Sainte-Nicole.

Hilaire faisait d'autant plus d'efforts pour cacher son émotion que sa femme pleurait amèrement. Elle, qui paraissait tant désirer ce moment, le redoutait alors qu'il était arrivé, et peut-être quelques mots d'Hilaire eussent-ils suffi pour la faire renoncer à un projet qui lui avait tant souri d'abord et qu'elle avait tant craint de ne pas lui voir sanctionner.

Colette aussi laissait échapper quelques larmes; mais les pleurs qu'elle voyait répandre à sa mère excitaient les siens; son cœur n'y était pour

rien : si tout le monde eût été gai ,
elle eût été gaie comme tout le monde.

La solitude de Sainte-Nicole était
inabordable pour les voitures ; il fallut transporter les bagages à dos de
cheval , et ce fut aussi à cheval que
l'on partit.

Que de fois Hilaire se détourna
pour cacher ses larmes et pour apercevoir encore une fois l'humble toit
de l'ermitage et le petit clocher de la
chapelle !

Il ne la voyait plus qu'il croyait la
voir encore ; il la cherchait à travers
les vieux chênes.

La grande route était riveraine de
la forêt.

Ce fut un nouveau serrement de
cœur pour lui lorsqu'il se trouva dans
le milieu de la plaine.

Depuis quarante ans qu'il vivait au

milieu des bois, ce fut pour lui une
nouveauté affligeante que de s'en trouver éloigné.

Enfin ils atteignirent le petit bourg
de Saint-Maurice, où une chaise de
poste les attendait.

La petite caravane y fit un assez
triste déjeûner.... l'entretien n'en fut
pas bruyant....

Aussitôt après l'avoir parcouru, on
monta en voiture, le postillon fouetta
ses chevaux et l'on partit.

VI.

Les deux Amans.

On vent avoir ce qu'on n'a pas,
Et ce qu'on a cesse de plaire;

OPÉRA.

Dis-moi donc, mon cher Frédéric,
réponds-moi donc !

— Hein !

— Est-ce que nous ne partirons
pas bientôt d'ici ?

T. I.   8

— Où veux-tu que nous allions pour être mieux ?.... voyons, qui te manque ici ?

—Il ne me manque rien, puisque j'y suis avec toi.... mais n'importe où tu voudras que nous allions, je t'accompagnerai, pourvu que nous quittions cette ville insipide.

—Mais que t'a-t-elle donc fait cette ville insipide ?...

— Ce qu'elle m'a fait.... ce qu'elle m'a fait... je m'y ennuie...

—Ah ! bah ! ici ou ailleurs, tu t'ennuies partout...

—Ah ! je te l'avoue, je regrette mon pauvre Paris.

— Sois tranquille : avant qu'il soit un mois nous y retournerons.

— Frédéric, il y a si long-temps que tu me le promets que je désespère de te voir remplir ta promesse.

— Long-temps, long-temps! ne sem-
bleroit il pas qu'il y ait dix ans que
nous en sommes partis!

— Il y a toujours trop long-
temps.

— Mais enfin, qu'aurais-tu de plus
à Paris qu'ici? qu'est-ce qui te manque? bals, spectacle, plaisirs de toute
espèce, ne jouis-tu pas de tout cela ici
comme à Paris?

— Eh bien! c'est vrai, je ne te dis pas
le contraire; mais n'importe, ce n'est
plus la même chose.

—Ah! ce n'est plus la même chose!...
Dis donc que tu ne jouis que de ce que
tu n'as pas, que de ce que tu ne peux
avoir. Tu soupires après Paris, parce
que tu sais que pour le moment il
nous est impossible d'y aller... si
nous y étions, tu voudrais voyager...
Tiens, veux-tu voyager?

— Oui, tu as là une bonne idée.....
voyageons, cela nous distraira... car
j'ai bien besoin de me distraire, Frédéric... Oh! ne lève pas comme ça les
épaules et ne doute pas de ce que je
te dis... Je pense à mon père, à ce que
je lui ai fait souffrir, à ce qu'il souffre
encore sans doute, et je suis malheureuse... oh! la plus malheureuse des
créatures !...

Et elle sanglotait.

Tout autre que Frédéric aurait été
ému et aurait cherché à tarir ses
larmes.

Il lui dit :

— Si ce n'est que la crainte de savoir ton père malheureux qui trouble
ton bonheur, ma chère Adèle, je puis
te tranquilliser à cet égard...

— Me tranquilliser ! que veux-tu
dire ?

— Oui, le brave homme a pris son parti et ne s'occupe pas plus de toi que si tu n'existais pas.

— Tu mens...

— Je te l'affirme...

— Tu mens, te dis-je.

— C'est l'exacte vérité.

— Impossible, impossible, Frédéric!... Comment voudrais-tu juger mon père... il y a tant de distance entre lui et toi... oh! ne te fâche pas... tu le sais de reste... je te dis, moi, que l'ingratitude de sa fille chérie le rendra malheureux jusqu'à la fin de ses jours.

— Ta, ta, ta, ta, ta.

— Oh! tu ne connais pas ça, toi qui n'aimes rien, rien dans le monde que toi, que toi seul.

— Et toi, donc?

Et Frédéric souriait en s'exprimant

ainsi, mais son sourire était sardonique.

Adèle le regarda :

—Ah! ah! dit-elle, tu es bien bon de me mettre de la partie!.. Autrefois j'aurais pu croire à une telle déclaration... aujourd'hui c'est autre chose, je sais quel degré de confiance je dois avoir en ton amitié.... mais n'importe, le marché est fait, il faut le tenir.

— Allons, voilà comme j'aime à t'entendre parler ; tu es raisonnable au moins.

— Je le serai toujours, tant que tu ne toucheras pas une corde que te t'ai déjà interdite.

— Et cette corde?...

— Ne me parle jamais de mon père ni en bonne ni en mauvaise part.

—Mais je ne voulais que te consoler

et non parler désavantageusement du
bon homme.

— Qu'il n'en soit plus question.

— Le fait est qu'il est de retour à
Paris.

— Qui te l'a dit?

— Jules, dont j'ai reçu une lettre
ces jours derniers.

— Il l'a vu?

— Oui, il l'a vu.

— C'est étonnant!

— Sa maison est entièrement re-
montée; on ne sait trop où il a pris
ces nouveaux venus..... mais le mé-
nage est complet.... l'homme et la
femme, et par-dessus le marché une
jolie petite fille que, dit-on, ce père
inconsolable a adoptée pour te rem-
placer.

— Tout cela peut être vrai, dit
Adèle en réfléchissant; mon père a

l'âme tendre, il faut qu'il place son affection en quelqu'un, et sa fille n'en étant plus digne... Dis donc, Frédéric, s'il en était ainsi, sais-tu que cela mériterait attention?...

— Laisse-moi faire, repose-t-en sur moi; pour nos intérêts je veille au grain, et quand il en sera temps nous agirons.

— Je te l'avoue, ce que tu viens de m'apprendre me jette dans une inquiétude....

— Et j'ai songé à te distraire. Madame Bertin doit ce soir t'apporter une robe que tu iras montrer au grand théâtre, où j'ai retenu une loge.

— Bah!

— C'est comme j'ai l'honneur de te le dire.

— Voilà qui raccommode bien des choses; tu es aimable quand tu le veux,

Frédéric... mais tu es donc en argent,
que tu te montres si généreux ?

— Apparemment : tiens, voilà vingt
francs pour des colifichets ; car avec
vous autres femmes c'est à n'en jamais
finir, vous êtes de véritables gouffres
d'argent.

— Grand merci, mon cher Frédéric,
et pour les femmes en général et pour
la tienne en particulier. Mais, dis-moi
donc, tu as sans doute fait une bonne
affaire ?

— Tu sais qu'il n'y a rien qui me mé
contente comme de voir que tu cher-
ches à t'initier dans ce qui ne peut te
regarder en aucune façon.

Adèle, sans rien répliquer, se mit à
sa toilette ; c'était jour d'Opéra. La réunion devait être nombreuse et brillante,
et Adèle voulait qu'aucune femme ne
l'éclipsât.

Elle était assez jolie pour ne pas avoir beaucoup de rivales à redouter. Outre son miroir, les hommes le lui répétaient chaque jour, et c'était le charme fatal qu'elle trouvait à ces louanges dangereuses qui l'avait perdue.

Adèle n'était autre que la fille de M. Valmincourt, cette fille qu'il regrettait si vivement, et dont l'ingratitude avait fait si long-temps le tourment de sa vie.

Qui donc avait pu la décider à abandonner le meilleur des pères pour suivre un homme tel que Frédéric?

Il s'en était fait aimer, il l'avait subjuguée, trompée, et lorsque la vérité, l'affreuse vérité lui avait été connue, elle n'avait plus eu la force de rompre le nœud fatal qu'elle avait formé.

Et quand elle en aurait eu le pouvoir, aurait-elle pu s'y décider? elle aimait

Frédéric... elle l'aimait, malgré l'infamie qui pesait sur sa tête... malgré ses défauts, ses vices... et il faut en convenir, Frédéric pouvait inspirer une telle passion.

VII.

Nouvelle Vie.

Les jouissances de l'amour-propre
sont ici.... les jouissances du cœur]
sont restées là-bas.

Chaque pas qu'elle faisait vers Paris
était un nouveau sujet de plaisir pour
Colette. Chaque pas que faisait Hilaire
l'éloignait de Sainte-Nicole, et augmen-

tait ses regrets. Colette courait après le bonheur, il semblait à son père qu'il le laissait derrière lui.

Enfin le tumulte qui règne dans la capitale où ils entraient, vint faire quelque diversion à ses chagrins.

Valmincourt remplissant avec plaisir l'office de Cicérone, faisait remarquer aux voyageurs les nombreux édifices devant lesquels ils passaient, et ceux qui se déroulaient à l'horizon.

Là, c'étaient les Invalides avec leur dôme doré qui donne l'air d'un palais à l'asile qu'un grand roi ménagea aux vétérans de la gloire.

Plus loin, il lui indiquait les tours maigres et inégales de Saint-Sulpice et l'antique flèche de Saint-Germain-des-Prés, qui surmonte une tour bien autrement antique qu'elle.

Puis, le clocher de Saint-Séverin,

qui rappelle les fureurs de la ligue.
Et enfin les deux tours gigantesques
de Notre-Dame, cette fière métropoli-
taine, dont les antiques beautés sont
sans rivales à Paris.

On passait alors devant la Chambre
des Députés. Valmincourt, en parlant
à Hilaire de la réunion annuelle de nos
représentans, lui récita ces vers épi-
grammatiques échappés à la plume
d'un spirituel écrivain avant qu'il l'eût
vendue au ministère :

Dans cette assemblée où l'on fauche
Et le bon sens et le bon droit,
Le côté droit n'est jamais gauche,
Et le gauche n'est jamais droit.

En traversant cette place, à laquelle
nos révolutions ont donné tant de
noms différens, nos voyageurs purent
admirer la somptueuse demeure de la

royauté avec son jardin merveilleux, son gros dôme et ses massifs pavillons.

Colette et sa mère n'avaient ni assez d'yeux ni assez d'oreilles.

Valmincourt avait peine à répondre à leurs questions multipliées ; mais il jouissait de leur extase et de la naïveté avec laquelle elles exprimaient et leur étonnement et leur admiration.

Après avoir monté la rue Royale et passé devant le temple de la Madeleine, depuis si long-temps commencé, et que nos arrière-petits-neveux verront sans doute finir, ils prirent une de ces jolies rues neuves et alignées qui conduisent dans le moderne quartier de la Chaussée-d'Antin, séjour de l'aristocratie nouvelle, de l'aristocratie financière, non moins avide de titres et d'honneurs que l'aristocratie décrépite du faubourg Saint-Germain dont elle con-

voite les vieux parchemins comme
cette dernière convoite les trésors.

La voiture s'arrêta devant l'entrée
d'une jolie maison. La porte cochère
ayant été ouverte, on pénétra dans la
cour, au fond de laquelle s'élevait l'é-
difice.

— Nous voici arrivés, dit l'ami de Colette ; voilà notre habitation, mon cher
Hilaire, et, s'il faut en juger par l'extérieur, vous conviendrez que nous
y trouverons tout aussi bien nos aises
qu'à Sainte-Nicole.

Cette allusion n'était pas très-adroite,
et ne fut pas agréable à notre ancien
ermite. Il répondit d'un ton assez sec :

— On est bien partout, monsieur,
où le cœur est content.

— Et j'espère que nous le serons tous
ici, répliqua Valmincourt.

Deux domestiques et un concierge

attendaient l'arrivée du maître et
avaient tout préparé en conséquence.

Lorsqu'il fut un peu remis des fa-
tigues du voyage, le propriétaire de
l'hôtel visita sa nouvelle acquisition,
qui ne lui était pas plus connue qu'à
ceux avec lesquels il venait l'habiter.

Il avait écrit à un de ses amis, de
lui acheter une maison dans le quartier de la Chaussée-d'Antin, de la
meubler, de lui trouver deux bons
domestiques et un concierge. Il lui
laissait pleine latitude sur le prix.

En parcourant son domaine, il eut
tout lieu d'être satisfait de la manière
dont on s'était acquitté de cette com-
mission assez difficile ; ses intentions
étaient parfaitement remplies.

Les ameublemens étaient riches et
commodes.

Auprès de la chambre des deux

époux se trouvait celle de Colette.
Elle était là sous leurs yeux, et ils
pouvaient veiller sur elle comme ils
le faisaient dans leur solitude.

Ce qui plaisait le plus à Hilaire,
c'est qu'un jardin spacieux attenant
à l'hôtel et en dépendant, lui permettait de se livrer à une de ses plus
chères occupations, la culture des
fleurs. Valmincourt, qui avait surtout
insisté sur ce point, lui avait ménagé
cette agréable surprise.

Il y avait des momens où Hilaire
prenait plus de confiance qu'il n'en
avait eu d'abord dans sa nouvelle
destinée.

Quinze jours après leur arrivée, il
ne restait plus rien à visiter dans Paris
à ses nouveaux habitans; tout ce qu'il
y avait de curieux à voir, ils l'avaient

vu; Colette les avait accompagnés partout, et, comme à la foire de Mortagne, elle avait trouvé des admirateurs de ses charmes naissans. Quelques étourdis s'étaient un peu récriés sur la gaucherie de ses manières, mais c'était un défaut dont elle s'appliquait chaque jour à se corriger. Rien dans son costume ne pouvait rappeler la petite paysanne de la forêt du Perche, et bientôt rien dans sa tournure ne pourra la faire reconnaître ; elle étudie avec tant de soin les modèles qu'elle a sous les yeux, qu'il est impossible que bientôt elle ne les égale pas en élégance.

Valmincourt s'attachait de plus en plus à cette charmante enfant, et sa petite amie lui rendait caresse pour caresse. Elle paraissait tellement le chérir que le pauvre Hilaire se surprenait à être jaloux de l'affection qu'elle témoignait à leur bienfaiteur.

Il lui semblait que sa fille n'avait plus pour lui la même tendresse qu'auparavant : avec sa mère elle-même, ce refroidissement l'avait frappé.

— Oh ! se disait-il , s'il fallait payer ses bienfaits , de l'amour de mon unique enfant ce serait les acheter trop cher !... Je l'ai toujours dit... la générosité de cet homme nous sera fatale.

Peut-être Hilaire s'alarmait-il alors sans raison , car sa femme ne s'apercevait pas de cette ingratitude qu'il reprochait à sa fille , et la tendresse d'une mère est clairvoyante à cet égard. La bonne dame jouissait sans crainte aucune du bonheur de sa fille et du sien propre ; car elle s'accommodait, on ne peut mieux, de son nouveau genre de vie, et, si elle pensait encore

à Sainte-Nicole, c'était pour remercier
sa patronne de l'avoir tirée de ce désert.
Hilaire, pour ne pas troubler sa quié-
tude, cachait ses transes et dévorait
son chagrin.

Cependant, pour chasser l'ennui
que le désœuvrement eût amené, il
s'était mis à la tête des affaires de
M. Valmincourt. Bien qu'il n'eût jamais
régi que son petit domaine, il montra
bientôt à son bienfaiteur qu'il avait
toutes les capacités nécessaires pour
en gouverner de plus grands.

Sa femme ne s'acquittait pas moins
convenablement des fonctions qui lui
étaient dévolues.

Des maîtres de toute espèce avaient
été donnés à Colette, et les progrès
rapides que faisait leur élève prou-
vaient son intelligence.

Valmincourt se félicitait chaque jour

davantage de l'heureuse idée qu'il avait
eue de s'attacher cette famille.

Les mois s'écoulaient, et la beauté
de Colette se développait ; sa taille s'é-
levait ; ses beaux yeux noirs devenaient
plus vifs ; ses joues avaient le velouté
de la pêche et l'éclat de la rose ; son
organe était doux, et lorsqu'elle en
mariait les sons à ceux de son piano
son ami était enchanté.

Elle faisait également de rapides
progrès en peinture, mais c'était surtout dans la danse qu'elle excellait!
Nos Terpsychores modernes auraient
envié ses grâces, et Valmincourt, en
admirant toutes celles qu'elle possédait, s'écriait avec enthousiasme :

N'eût-ce pas été un meurtre que
de laisser tant de perfections enfouies
dans un désert!

Et dame Hilaire aussi s'extasiait sur

les talens de sa fille ; elle n'en parlait
qu'avec orgueil et disait souvent à
son mari :

Notre Colette est un petit prodige.
Quel bonheur pour elle et pour nous
d'avoir rencontré le digne homme qui
nous protége !

Hilaire aurait bien voulu pouvoir
en dire autant, le penser surtout ; mais
il n'était pas habitué à feindre, et, malgré son silence, il était facile de voir
qu'il ne partageait pas l'hilarité géné-
rale.

Valmincourt lui en faisait parfois
des reproches ; il s'excusait de son
mieux, et toutes les fois que sa femme
voulait le questionner à ce sujet, il
détournait l'entretien ; quoiqu'il ne
partageât pas les illusions des autres,
il ne voulait pas détruire le bonheur
qu'elles leur procuraient.

VIII.

La Fuite.

Il était minuit. Adèle se promenait à grands pas dans sa chambre. Malgré la rigueur du froid, la fenêtre en était toute grande ouverte. De temps à autre la jeune femme s'y plaçait et regardait dans la rue; mais l'obscurité était si profonde qu'à peine si l'on pouvait apercevoir la pâle lueur du réverbère qui se balançait à l'étage inférieur.

De plus, une pluie fine et pénétrante tombait depuis plusieurs heures, et le vent la poussait au visage de la pauvre Adèle, qui cependant ne quittait son poste que pour y revenir, après avoir erré quelques minutes dans son appartement solitaire.

L'eau avait pénétré ses vêtemens; sa préoccupation était telle qu'elle ne s'en apercevait pas.

Le froid glaçait ses membres, et elle ne le sentait pas.

Ce qu'elle sentait trop vivement, hélas! c'était l'inquiétude qui déchirait son âme; et à cette terrible anxiété se joignaient les horribles angoisses de la jalousie. Dites, n'en était-ce pas assez pour que cette infortunée se plaignît?

Aussi des plaintes amères sortaient-elles de sa bouche : elle accusait tour à tour le ciel, le destin et les hommes, puis elle pleurait et finissait par s'écrier:

— Le ciel ne peut avoir pitié de moi : ai-je eu pitié de mon père lorsqu'il me suppliait de ne pas le rendre le plus malheureux des hommes!... J'ai vu couler ses larmes sans en tarir la source, et cependant je le pouvais..... J'ai vu ses angoisses, et mon cœur n'en a pas été déchiré..... J'ai entendu ses menaces, et je les ai bravées... Il m'a maudite... oui, maudite en me chassant pour jamais de sa présence, et aujourd'hui j'éprouve les effets de ce terrible anathême... je recueille les fruits de mon crime... ils sont amers...

Et un autre sujet de désespoir succédant à celui-ci, elle se levait, allait à la fenêtre, et s'en retirait plus triste, plus désolée.

— Rien encore, disait-elle ; oh ! c'en est fait, il ne reviendra plus !... Deux jours, deux jours passés sans reparaître !... Dieu ! quel supplice cruel ! que peut-il lui être arrivé !... Le malheureux aurait-il manqué de prudence ? serait-il... Oh horrible, horrible idée !... Enfin, tôt ou tard, il fallait bien que cela arrivât... Mais je me berçais d'une illusion trompeuse.... Jusqu'ici, soit bonheur, soit adresse... il avait échappé... Mais n'est-ce pas cela non plus, et oublie-t-il dans les bras d'une odieuse rivale son Adèle, sa femme, celle qui lui a tout sacrifié ?

A cette terrible pensée, une sueur froide coulait sur le front de l'infortunée; sa main meurtrissait son sein, et des cris étouffés s'échappaient de sa poitrine oppressée.

Tout-à-coup la sonnette fait entendre un son argentin.

Elle bondit et s'élance : la porte est ouverte, Frédéric se précipite dans la chambre.

Adèle est tombée sans mouvement à ses pieds.

Il la relève, et ses caresses la rappellent à la vie.

La jeune femme le presse dans ses bras, le couvre de baisers.

— C'est bien toi, cher Frédéric... c'est bien toi que j'embrasse !... ah! je désespérais de jamais jouir d'un tel bonheur... et lorsque je t'ai revu... j'ai failli en mourir de joie... c'est bien toi !

Et elle couvrait de ses brûlans bai-

sers les joues, les mains de l'homme
qu'elle adorait.

— Adèle, ma chère Adèle... je sais,
je sais que tu m'aimes : tu m'en as
donné des preuves... c'en est de nouvelles qu'il me faut, et non pas de
vaines protestations.

— Que veux-tu dire ?

— Il faut fuir promptement.

— Fuir, dis-tu ?

— Oui, oui.

Et il cherchait à s'échapper à ses
embrassemens.

— Oh ! pourquoi te dérober à mes
caresses !... laisse-moi, mon bien-aimé,
laisse-moi d'abord m'enivrer du plaisir de te voir, de te retrouver près de
moi !... Tiens, mon Frédéric, mets ta
main sur mon cœur... sens-tu comme
il bat? tout à l'heure c'était de crainte,
maintenant c'est de plaisir... Celui

que j'aime est auprès de moi... je le sens.

— Adèle, Adèle...

— Eh bien !

— Écoute donc ! je te l'ai dit, il faut fuir.

— Fuir... oui, oui, et sans le moindre retard.

— Et de l'argent ?

— J'en ai.

— Des papiers ?

— J'en ai aussi.

— Comment, dès cette nuit ? nous ne pouvons attendre à demain ?

— Non, non, certes : demain il serait trop tard... hâte-toi, ramasse ce que nous avons de plus précieux... laisse le reste... Une chaise de poste nous attend... dans deux heures au plus tard il faut que nous ayons quitté Lyon.

Et il se mit à aider Adèle à rassembler tout ce qui leur appartenait, et à entasser leurs effets dans une grande malle qui fut bientôt remplie.

L'horloge sonna deux heures.

— Partons, partons, dit Frédéric.

Un domestique fut appelé et se chargea de la malle.

Adèle, enveloppée dans son manteau, jeta un dernier regard dans la chambre qu'elle quittait, pour voir si elle ne laissait rien qu'elle pût regretter, et, tirant la porte derrière elle, elle suivit Frédéric, qui descendait en faisant le moins de bruit possible.

Il paya l'hôte, le domestique, et dit avant de le quitter quelques mots à l'oreille de ce dernier.

La porte de l'hôtel se referma sur eux. Une chaise de poste attendait effectivement à quelques pas.

Adèle et Frédéric y montèrent.

La ville de Lyon fut bientôt loin derrière eux.

Frédéric était tellement enfoncé dans ses réflexions que déjà plusieurs fois Adèle lui avait demandé où il comptait se rendre, sans qu'il parût entendre sa question.

Enfin il répondit :

— En Italie.

— Oh ! qu'il y a long-temps que je désirais faire ce voyage !

— Eh bien ! tes vœux sont exaucés.

Il retomba dans sa rêverie après ce court entretien. Adèle savait que lorsqu'il était ainsi affecté il ne fallait pas chercher à troubler ses réflexions. Elle ne lui parla plus et essaya de ne penser qu'au plaisir qu'elle se promettait de goûter dans un pays qu'elle avait toujours ardemment désiré parcourir.

Tant qu'on fut en France, Frédéric se montra soucieux; mais à peine la frontière eut-elle été franchie qu'il recouvra sa gaîté et son insouciance habituelles.

Adèle brûlait du désir de connaître les motifs d'une fuite si précipitée, mais elle n'osait pas lui adresser la moindre question à cet égard. Lorsqu'elle se l'était permise, il en était résulté des querelles qu'elle voulait désormais éviter.

Cette fois-ci cependant, Frédéric se montra plus communicatif : peut-être était-ce seulement le besoin d'exprimer la joie qu'il éprouvait de laisser le danger derrière lui.

—Ma foi, dit-il, je l'ai échappé belle, je peux m'en vanter; il n'était que temps que je fisse mes paquets, ou j'étais enfoncé !

— Pauvre Frédéric !

— Pauvre !... non... l'affaire a été productive, car j'ai plus de dix mille francs en ma possession ; mais elle était dangereuse ; et, je l'avoue, j'ai eu peur... oh ! mais une peur... enfin, qu'il jase maintenant tant qu'il voudra, je m'en moque.

— Mais est-ce bien cette affaire qui t'a retenu deux jours entiers ?

— Quelle sotte question ! Est-ce que j'aurais besoin de chercher un prétexte pour légitimer mon absence ?... Deux jours pour une affaire !... je t'en aurais bien donné quatre pour la conduire à bien, et nous aurions vu comme tu t'en serais tirée...

— Elle était périlleuse ?

— Puisque je te dis que j'ai cru dix fois être fumé (perdu)..... L'individu que je travaillais n'avait qu'un mot à dire, et je te réponds que d'ici à quelque temps j'aurais été à l'abri des coups de soleil.

— Pauvre Frédéric!...

— Mais j'ai tenu bon.... mon audace a été récompensée.... j'ai remporté la victoire.... c'en était une belle.... j'en suis tout fier,

— Mon Frédéric !

— Oui, mon Frédéric.... je vous reconnais bien là, mesdames.... Tu me flagornes maintenant, et tout à l'heure tu me faisais la moue. Pendant que je te gagnais de quoi faire la dame, tu me croyais en train de te faire quelque infidélité.

— C'est à tort cette fois.

— C'est toujours, toujours à tort....

— Oh! Frédéric !

— Toujours, te dis-je.

— Oh! si j'osais parler !

—Ose!

—Combien de fois tu t'es servi de ce prétexte pour t'excuser, et cependant j'aurais pu te dire d'où tu venais, avec qui tu t'étais trouvé.....

— Adèle, tu n'as donc jamais que des reproches à me faire ! j'aurais plutôt droit à attendre des félicitations de ta part.....

— Ah ! si tu savais comme je souffrais en t'attendant !

—Tu n'as donc pas laissé ta jalousie en France ?

— Ce serait pour moi un trop grand bonheur.... car, assurément, de cette jalousie j'en souffre plus que toi.

Une caresse de son amant lui imposa silence.

Et Adèle aurait voulu que ce voyage durât toujours.

Son bonheur était de se trouver auprès de Frédéric, et ces longs tête-à-tête la comblaient de joie. Avec quel plaisir elle s'appuyait sur son bras lorsqu'il y avait à gravir quelque côte rapide.

Là, pas de revers à craindre, pas d'infidélité à redouter. Elle se l'avouait, une telle existence eût été l'idéal du bonheur; et était-ce elle qui pouvait l'espérer?

Les voyageurs examinaient ensemble les riches paysages du Piémont; ils faisaient mille projets pour l'avenir, ils en disposaient comme s'il leur eût appartenu... ils le faisaient tout de plaisir : les prestiges de l'amour l'embellissaient de toute leur décevante beauté.

Adèle, l'ingrate Adèle n'avait pas un souvenir pour sa patrie, pas un souvenir pour son vieux père... elle ne songeait plus à la malédiction dont elle

était frappée... L'anathême lancé contre elle ne pouvait plus l'atteindre dans
ces lointains climats... elle le croyait,
elle voulait le croire du moins, et
cette croyance même était un nouveau
blasphême qui attirait encore la colère
du ciel sur la coupable fugitive.

IX.

L'Éducation.

> Prenez-y garde : il est parfois aussi dangereux
> de trop savoir que de trop ignorer.
>
> MAXIME.

Valmincourt, fidèle à sa résolution de repousser de fâcheux souvenirs, avait éloigné de lui tout ce qui pouvait les renouveler ou les entretenir.

De toutes ses anciennes connaissances, l'ami qu'il avait chargé de louer
et de meubler sa maison était la seule
avec laquelle il eût renoué. Jusqu'alors
il n'avait point songé à se former une
nouvelle société ; celle d'Hilaire, de sa
femme et surtout de sa fille adoptive
lui avait suffi. Mais cependant il lui
parut que, dans l'intérêt de cette dernière, il devait se résoudre à revoir
quelques personnes.

Ce n'était pas pour en jouir seul
qu'il avait donné à Colette des toilettes
charmantes, qu'il avait orné son esprit,
et qu'elle était devenue d'une force
supérieure dans tous les talens d'agrément qui devaient assurer son succès
dans le monde,

Colette avait déjà seize ans et elle
était d'âge à être présentée dans la société.

Une chose l'arrêtait, une chose bien futile, mais à laquelle il voulait cependant remédier. Il savait que chez nous le ridicule est de tous les défauts celui que l'on pardonne le moins, et le nom de *Colette* lui paraissait entaché de ce vice affreux.

Il n'osait pas cependant aborder cette question.

Hilaire, bien qu'il habitât la capitale, avait conservé la simplicité de ses mœurs. Valmincourt pensait avec raison que l'ancien solitaire ne consentirait pas volontiers à ce que sa fille quittât le nom qu'il lui avait donné, celui de sa patrone, qu'il regardait et honorait toujours comme sa première protectrice.

Hélas! lui seul y pensait : dame Hilaire elle-même avait négligé le culte de cette sainte médiatrice à laquelle

cependant elle devait ce qui faisait la
principale joie de sa vie, sa Colette, sa
fille chérie.

Que les humains sont ingrats!

Ce fut à elle que le père adoptif de
Colette parla d'abord de ce changement de nom qu'il avait la faiblesse de
regarder comme essentiel.

Madame Hilaire lui promit de pres-
sentir les intentions de son mari à ce
sujet. Aussitôt qu'il put comprendre
où elle en voulait venir, il se prononça
là-dessus de manière à ôter à qui que
ce fût l'espoir de le faire revenir sur
sa décision.

Force fut donc de s'en tenir au nom
de Colette.

Valmincourt se montra un peu pi-
qué d'une telle résistance; elle excita
quelque refroidissement entre les deux
époux. Une explication assez vive eut

même lieu, quelques-reproches furent adressés.

C'était le premier événement de
ce genre qui avait lieu depuis le jour
de leur mariage.

Bientôt il ne fut plus question de
changement de nom, et l'union se ré-
tablit.

A quelque temps de là, le maître de
musique de Colette donna une fête à ses
élèves; il pria M. Valmincourt de vouloir
bien permettre à sa fille adoptive d'y
assister.

Il devait y avoir un concert, et ensuite un bal.

Hilaire ne put se refuser à ce que
sa fille parût dans cette soirée; mais
cependant, si l'on n'eût consulté que
son opinion, elle s'en fût abstenue.

Valmincourt, au contraire, voulait
que Colette éclipsât toutes ses com-

pagnes ; il lui fit faire une toilette des
plus brillantes.

La mère et la fille ne se sentaient
pas e joie.

Hilaire murmurait.

Ce jour si désiré arriva ; toute la famille se rendit chez M. Firmin.

Colette exécuta sur le piano un morceau assez difficile : elle fut couverte
d'applaudissemens, et son maître lui-
même vint lui témoigner la vive sa-
tisfaction qu'il éprouvait. Son père
adoptif était le plus heureux de tous.
Elle était fêtée, recherchée. Quelqu'un
s'avise de demander :

A qui appartient cette aimable enfant?

— C'est la fille d'un riche propriétaire de la Chaussée-d'Antin, un ban-

quier retiré, répondit sans hésiter le
maître de musique.

— Elle se nomme?

— Mademoiselle de Valmincourt.

Colette avait tout entendu. Il ne
tenait qu'à elle de relever cette erreur;
mais son amour-propre était trop
flatté de passer pour la fille d'un banquier opulent, pour qu'elle avouât
que ce titre ne lui appartenait nullement.

Il y avait beaucoup de jeunes filles
réunies chez le maître de musique;
plusieurs firent des avances à Colette,
car les suffrages qu'elle réunissait la
faisaient rechercher par ses jeunes
compagnes. Elle en distingua une,
et avant la fin de la soirée toutes deux
étaient liées intimement.

Des confidences avaient eu lieu.

Colette était restée la fille du banquier.

Il n'eût tenu qu'à Stéphanie de se faire passer pour une princesse.

Mais elle n'avait point de hautes prétentions ; elle avoua tout bonnement que sa mère était actrice et attachée à l'un des théâtres des boulevards, que M. Firmin lui donnait des leçons de musique *gratis*, et qu'elle se destinait à suivre la même carrière que sa mère.

Cet aveu ne diminua rien à l'affection que portait Colette à sa nouvelle amie. Au contraire, l'art théâtral était fort de son goût, et elle aussi s'y serait volontiers livrée.

—Y pensez-vous ! répliqua la jeune fille ; vous êtes riche : qu'avez-vous besoin d'un état, d'un état comme le nôtre surtout ?... Ah ! si vous en con-

naissiez tous les désagrémens!... Certes,
si j'étais libre, ce ne serait pas celui-
là que je choisirais.

Colette, en exprimant ce désir, avait
oublié son rang supposé; elle s'éton-
nait que son amie ne partageât pas son
engouement. Comment pouvait-elle
ne pas aimer la profession qu'exerçait
sa mère et à laquelle elle se destinait!
Elle n'en voyait que le beau, les belles
toilettes, les applaudissemens; mais
qu'elle était loin, la naïve enfant, de se
douter de tous les désagrémens qui y
sont attachés!

Enfin la fête se termina.

Les deux amies se quittèrent à regret et promirent de se revoir.

Le lendemain il ne fut question que
du bal de la veille. Toutes les jeunes
filles qui le composaient furent passées

en revue, et Colette n'oublia pas Stéphanie.

Elle ne parla nullement de la réponse que le maître de musique avait
faite à ceux qui lui demandaient son
nom.

X.

Dispositions.

L'amour ne sait guère
Ce qu'il permet, ce qu'il défend ;
C'est un enfant.

J.-J. Rousseau.

Valmincourt était idolatre de sa fille adoptive. Il la citait comme un modèle de perfection, et s'applaudissait chaque jour d'avoir reporté sur elle l'affection dont une ingrate avait si indignement abusé.

Cependant, malgré ses torts, l'image de la coupable se reproduisait encore à son imagination, et il se surprenait inquiet de son sort.

Il avait fait, pour la trouver, des démarches infructueuses : nul n'avait pu découvrir ses traces, et il craignait que la misère ne l'eût atteinte.

Malgré tout le courroux dont il était animé, il n'aurait pu la savoir malheureuse sans lui porter des secours ; jamais l'infortune ne l'avait imploré en vain, et pour sa fille seule aurait-il été inaccessible à la pitié ?

On n'arrache pas facilement de l'âme ce sentiment d'affection que la nature y dépose ; il faut qu'un enfant se soit rendu bien coupable pour que le cœur d'un père ne soit pas toujours prêt à lui pardonner.

Valmincourt, quoi qu'il en dît, était plus disposé que tout autre à user de clémence ; mais on avait repoussé la sienne, et il cherchait à s'en consoler en pensant à Colette.

— Au moins celle-là ne me punira pas du bien que je lui fais, se disait-il ; elle m'aime, et sera la consolation de ma vieillesse.

Hilaire n'était pas aussi rassuré sur le compte de sa fille : sa tendresse, moins aveugle, lui permettait de la juger avec plus d'impartialité, et il était alarmé lorsqu'il réfléchissait au caractère qu'elle laissait percer.

Avec un peu plus de clairvoyance, sa femme se serait également aperçue que Colette avait un penchant prononcé pour le faste et les plaisirs, et que déjà, toute jeune qu'elle était, certains petits manéges de coquetterie ne lui étaient point étrangers.

Plus formée qu'on ne l'est ordinairement à son âge , sa beauté attirait les regards. Les hommes sont disposés à flatter celles qui possèdent un si précieux avantage. Colette ne pouvait faire un pas sans entendre de ces fades complimens dont cependant son orgueil était satisfait.

L'observateur Hilaire le voyait, et, s'il n'eût tenu qu'à lui, jamais sa fille n'eût été en butte à la séduction; mais il n'aurait pu, sans se brouiller irrévocablement avec leur bienfaiteur commun, s'opposer à ce que Colette parût dans ces réunions si dangereuses pour elle, et que cependant elle aimait tellement qu'en sortant de l'une elle ne songeait qu'à celle qui devait la suivre.

Le trappiste avait également cru s'apercevoir que, dans plusieurs circonstances, sa fille avait paru rougir de la bassesse de son extraction.

Hilaire lui représentait doucement ses torts, mais elle ne tenait guère compte de ses avis ; ils la fatiguaient ; elle se plaignait à sa mère des continuels reproches de son père et prétendait qu'il ne l'aimait plus.

Ainsi qu'il le leur avait promis, Valmincourt traitait Hilaire et sa femme comme ses amis. Aussi maîtres que lui dans son hôtel, ils n'y avaient jamais exercé aucun acte de domesticité. Se décidant à revoir le monde et à recevoir chez lui, il n'avait même plus voulu qu'ils exerçassent les fonctions auxquelles il les y avait d'abord appelés.

Il prit un intendant, dont Hilaire fut seulement chargé de surveiller et diriger la gestion.

Madame Hilaire eut sous ses ordres femme de charge, cuisinière, etc., et une femme de chambre lui fut donnée pour servir elle et sa fille. Elle était absolument considérée comme la dame du lieu, et le maître avait pour elle toutes les déférences que comportait ce titre.

Disons à sa louange qu'elle n'en abusait pas. Elle jouissait du sort heureux que lui faisaient éprouver les libéralités de Valmincourt, mais elle tâchait aussi d'y faire participer tous ceux qui l'entouraient. C'était au point que presque tout le monde lui pardonnait son bonheur ; c'était beaucoup

certainement. Il ne faut cependant pas
croire qu'elle n'avait pas de jaloux;
d'autres en ont dans le monde qui certainement ne sont pas aussi heureux
qu'elle.

Valmincourt ne borna pas là ses gé-
nérosités : en opérant tous ces change-
mens dans son intérieur, et habituant
ainsi ses amis aux jouissances que pro-
curent les richesses, il voulut au moins
les mettre dans le cas de ne pas éprouver de privations, si toutefois une mort
imprévue venait à l'enlever. Ainsi qu'il
le leur avait promis, il leur assura par
un contrat en bonne forme une rente
de trois mille francs, dans laquelle ils
entrèrent de suite en jouissance. Ils
s'en défendirent en vain; il leur fallut
céder à ses instances.

Il fit en même temps des disposi-
tions en faveur de Colette, mais il ne

les communiqna à qui que ce fût. Hilaire craignait plutôt qu'il ne se fût mon
tré trop libéral qu'autrement. Tous ce
procédés excitaient certainement sa
gratitude, mais cependant son cœur
n'était pas satisfait.

Il pensait à la fille proscrite de son
bienfaiteur : jamais encore il n'en avait
été question entre eux. Il était expressément défendu à qui que ce fût de
prononcer son nom devant un père
trop justement irrité.

Toute heureuse qu'elle était, il y
avait dans sa position quelque chose
qui répugnait à son extrême délicatesse.
Il lui semblait que c'était une sorte
d'usurpation, et que, dans le monde,
on pouvait les regarder, lui et les siens,
comme des intrus qui venaient dé-
pouiller l'enfant de la succession de
son père.

Cette idée le peinait, et comme sa franchise ne lui permettait pas de rien cacher de ce qu'il éprouvait, il résolut de saisir la première occasion qui se présenterait de s'en expliquer avec le père d'Adèle.

Sa femme, bien moins susceptible, jouissait, sans en prendre aucun souci, de ce qu'il plaisait à M. Valmincourt de faire pour elle et sa famille.

Mais des trois anciens habitans de Sainte-Nicole, Colette était certainement celui qui se félicitait le plus de son changement de situation. S'il arrivait quelquefois qu'elle pensât à la modeste retraite dans laquelle s'étaient écoulées les premières années de son enfance, c'était pour la comparer au riche hôtel qu'elle habitait maintenant, et tout l'avantage restait à ce dernier.

Quant à la sainte, pas seulement un petit souvenir.

S'il lui avait fallu quitter Paris et retourner dans la forêt du Perche y reprendre les habits et le train de vie d'une paysanne, elle en serait morte de douleur, du moins elle le disait.

L'âme de son père était déchirée lorsqu'il l'entendait s'exprimer ainsi. Des reproches eussent été inutiles ; il le sentait, et n'en faisait pas.

Mais il trouvait un cœur dur à sa fille et il tremblait que l'avenir ne répondît pas à ce que Valmincourt en attendait.

— Il serait encore temps, pensait-il, de corriger cette mauvaise disposition, mais la flatterie et la tendresse mal entendue de son bienfaiteur gâteront tout. Et pourquoi le souffrirai-je? n'est-ce donc plus ma fille? n'est-il pas de mon devoir de la diriger, de la prévenir?..... Qu'aurait-elle à me répondre si un jour je lui reprochais ses égaremens?... J'ai des droits, j'en userai...

Il le voulait, il l'essayait et ne réussissait à rien.

Ou Colette l'évitait avec tant de soin qu'il lui était impossible de la trouver seule, ou elle désarmait par quelques caresses la sévérité de son regard.

Hilaire regrettait Sainte-Nicole, et la regrettait amèrement.

XI.

Entrée dans le Monde.

Le premier pas
Se fait sans qu'on y pense :
Craint-on jamais ce qu'on ne prévoit pas ?
Heureux celui dont la douce éloquence
En badinant fait faire à l'innocence
Le premier pas !

Le petit Courrier russe, vaudeville.

C'était le jour de la fête de Colette ; il y avait peu de temps qu'elle était entrée dans sa seizième année. Valmincourt voulait célébrer par un bal brillant l'anniversaire de sa naissance.

Toutes les jeunes amies de Colette et leurs parens reçurent des lettres d'invitation ; aucune ne fut adressée aux anciens amis de Valmincourt. Il n'eût pu renouer avec eux sans réveiller d'anciens souvenirs qu'il se félicitait trop d'avoir assoupis.

Stéphanie ne fut pas oubliée, comme on le pense bien : Colette avait toujours de la prédilection pour elle, et Valmincourt avait trop de philosophie pour que la profession de sa mère fût auprès de lui un motif suffisant pour éloigner la fille. Ce sot préjugé est un de ceux qui n'ont point survécu au dix-huitième siècle.

Avant le bal il y eut concert ; Colette fut couverte d'applaudissemens; son père lui-même ne put s'empêcher

d'y mêler les siens. Elle s'était sur-
passée.

Mais si on avait admiré la pureté de
son jeu, la douceur de sa voix, ce fut
bien un autre concert de louanges lorsque le bal étant commencé, elle dé-
ploya en dansant toutes les grâces
dont elle était douée !

On eût dit une sylphide.

Hilaire fut moins satisfait de la supé-
riorité de sa fille dans cet art que dans
celui où elle venait de se faire admirer.

Et n'allez pas, lecteur, regarder ce
brave homme comme un de ces fron-
deurs qui ne sont contens de rien et
recherchent toujours un mauvais côté
aux meilleures choses ; non, Hilaire
n'était point un homme de ce genre ;
mais il craignait que sa fille n'eût à
regretter un jour, malgré les bienfaits

de M. Valmincourt, les paisibles années
de son enfance.

Un père peut penser ainsi, c'est tout
naturel; mais cet essaim de jeunes gens
qui entourait la jolie danseuse, oh!
c'était bien différent; ils se disputaient
à l'envi l'avantage de lui fournir une
nouvelle occasion de déployer ses grâces; c'était à qui la féliciterait, suren-
chérirait sur les éloges de ses rivaux,
flatterait la vanité de Colette, qui s'eni-
vrait de ces louanges dangereuses.

Valmincourt était aux anges; on le
félicitait, et le brave homme jouissait
autant des succès de sa favorite que si
elle eût été sa propre fille.

Colette paraissait reconnaissante;
mais, faut-il le dire? son cœur restait
insensible aux soins dont elle était
l'objet. Tout son but, en paraissant em-
pressée auprès de son bienfaiteur, était

de se maintenir dans ses bonnes grâces, mais le cœur n'y était pour rien. Son affection n'aurait pas survécu à ses dons, si quelque circonstance était venue le mettre dans le cas de les cesser. Elle l'aurait sans regrets même abandonné pour un autre, qui eût pu faire plus pour elle, s'il eût été possible.

Et voilà justement ce que son père avait deviné et ce qui troublait son bonheur.

Cependant les attraits de la séduisante jeune fille avaient fait des ravages dans plus d'un cœur.

Un de ses danseurs les plus assidus s'éprit des charmes de Colette.

Achille Desparly était le frère d'une des élèves de M. Firmin et le fils d'un ancien notaire qui, à force de faire des actes d'acquêt pour les autres, en avait fait aussi en son propre et privé nom, et d'assez considérables pour n'avoir plus besoin de son étude, qu'il céda à son premier clerc moyennant une somme fort considérable.

Achille était joli garçon, et une femme ne pouvait qu'être flattée de son hommage ; il avait l'esprit orné et possédait tous les arts d'agrément que l'on admirait dans Colette. N'ayant jamais fréquenté que la bonne compagnie, il en possédait le ton et les manières. La fortune que son père devait lui laisser un jour lui permettait de prétendre à ce que l'on est convenu d'appeler dans le monde un parti avantageux.

Son ambition n'était donc pas démesurée en prétendant à la main de la fille adoptive de M. Valmincourt. Il y pensait et attachait même son bonheur futur à la réussite de ce projet.

Ses assiduités furent remarquées, et, comme il était assez riche pour que plusieurs mères le convoitassent pour leurs filles, la préférence qu'il accordait à Colette avait excité des haines et des jalousies.

— Mais enfin, disait une douairière à une autre dame qui faisait galerie comme elle, qui pourrait m'apprendre d'où sort cette jeune fille que l'on regarde comme un petit prodige? est-ce une parente de M. Valmincourt?

— Je ne saurais trop vous dire, mais je ne le crois pas. Elle ne lui donne aucun titre que celui d'ami, et il court dans le monde de singuliers bruits sur l'affection qu'elle lui porte.

— Et que dit-on à cet égard? Eclairez-moi, je vous prie.

— Oh! il y a tant de versions qu'on ne sait trop vraiment à laquelle on doit s'arrêter : c'est l'embarras du choix.

— Mais encore?

— Eh bien ! les uns prétendent que ce petit prodige, comme il vous plaît de l'appeler, n'est autre que sa fille naturelle, et que cette femme aux manières communes qui ne la perd pas un instant de vue, c'est la mère. On ajoute qu'elle l'avait eue de M. Valmincourt avant son mariage avec le gros homme que vous voyez là-bas occupé à regarder cette partie d'écarté, à laquelle, au reste, il ne prend jamais part.

— Voilà qui est bien!... En vérité nous avons de grandes obligations à ce M. Valmincourt; il nous place là en bonne compagnie!

— C'est par pure complaisance pour ma petite fille que j'ai consenti à ve-

nir dans cette maison... mais je ne
veux pas qu'elle contracte d'intimité
avec cette bâtarde ; toutes nos rela-
tions amicales avec elle se borneront à
cette soirée.

— Bien certainement, j'en ferai tout
autant que vous. Il est inconcevable
que l'on expose des gens tels que nous
à se trouver en contact avec de tels
êtres!

— On ne saurait trop se prémunir
contre de pareils inconvéniens. Depuis
la fâcheuse révolution qui a tout bou-
leversé, on y est sans cesse exposé.
Vous vous croyez entouré de vos pareils, pas du tout ; ce sont des aventu-
riers sortis on ne sait d'où et qui se
croient autorisés à marcher de pair
avec nous, parce qu'ils ont gagné dans
leur négoce quelques mille livres de
rentes.

— C'est vrai, tout ce que vous dites là est fort sensé. Mais dites-moi, il
court encore d'autres bruits sur le
compte de ce Valmincourt; on m'a as-
suré qu'il était marié, et que, pour
prendre chez lui toute cette clique, il
en a chassé sa femme et ses enfans lé-
gitimes.

— On vous a dit cela?

— On me l'a dit.

— Comment donc! mais voilà qui
devient odieux!... s'il était vrai.... mais
ce serait une horreur.... Quoi qu'il en
soit, ce Valmincourt me paraît un
homme à fuir : qu'en pensez-vous?

— Mais je suis de votre avis.

— Il peut bien maintenant donner
autant de fêtes qu'il voudra : si jamais
on me revoit mettre le pied chez lui...
Que j'ai donc regret d'y être venue!

— Et moi, mon indignation est

telle que, si vous voulez m'en croire, nous allons en sortir sur-le-champ.

— Mais comment se fait-il que, sachant ce que vous venez de me dire, vous ayez pu vous décider à venir ici? car enfin ce que je vous ai appris n'est rien en comparaison de ce que vous venez de me raconter.

— Que voulez-vous! j'ai cédé, comme vous l'avez fait vous-même, aux instances de ma fille, et puis je ne croyais pas à ce propos..... tandis que maintenant plusieurs observations que j'ai faites me porteraient à y ajouter foi.. Ce M. Firmin a de jolies pratiques dans sa clientelle! Voyez un peu à quoi sont exposées les jeunes personnes en allant chez lui... Je voudrais le voir, je ne manquerais pas de lui en faire mon compliment.

— Il peut être sûr que de mon côté il ne l'échappera pas.

Dans ce moment on annonça que le souper était servi.

Deux jeunes gens vinrent présenter la main à ces dames, qui, toutes courroucées qu'elles étaient, n'en firent pas moins honneur au repas splendide et exquis qui leur fut offert.

L'une d'elles en fut tellement enchantée qu'elle songea sérieusement à se rétracter de l'engagement qu'elle avait pris de ne plus reparaître chez Valmincourt. On ne se brouille pas pour de simples ouï-dire avec un homme qui donne de jolies fêtes et de bons soupers; cela fait passer sur bien des choses.

Il y a pourtant des considérations à garder.

Après le souper, qui se prolongea

fort avant dans la nuit, on se remit à danser; on tint bon jusqu'au jour; on avait recouvré des forces, et presque personne ne reprit à partie le maître de la maison et la famille Hilaire. Le bon vin avait chassé toute acrimonie; la gaieté qu'il procure dispose à l'indulgence. Un bon dîner a fait trouver grâce à plus d'un coupable.

On gagne toujours quelque chose à avoir une cave bien garnie.

XII.

Retour.

Buvons pour fêter ton retour !
Après une si longue absence,
Ami, pour fêter ta présence ;
Invitons Bacchus et l'Amour:

ANONYME.

Il était sept heures du matin. Un homme enveloppé dans un ample manteau cherchait, à la faveur du crépuscule, à lire le numéro peint en noir au-

dessus d'une petite porte bâtarde de la
rue Fromenteau.

Il y parvint, non sans peine, et, levant
un lourd marteau, il en frappa cinq
fois la vieille porte, et chaque coup re-
tentit fortement dans une étroite et
profonde allée.

Personne ne bougea dans la maison.

Après quelques minutes d'une vaine
attente, l'inconnu frappa de nouveau.

Pour cette fois on l'entendit. Un
homme en chemise parut à la fenêtre
du cinquième, et demanda encore à
moitié endormi :

— Qui est-là ?

— Viens m'ouvrir, Charles ?

— Comment, c'est toi !

— Moi-même.

— Attends quelques secondes et je
suis à toi.

— Viens le plus vite possible.

— Une seconde.

Peu après la porte s'ouvrit.

Frédéric, car c'était lui, pénétra dans une allée obscure, serra affectueusement la main qui lui était offerte, et se mit à monter derrière son ami les cent vingt-cinq marches qui conduisaient au logement occupé par ce dernier.

On y parvint enfin.

La porte fut ouverte avec précaution, et Charles, mettant un doigt sur ses lèvres, fit signe à l'arrivant de faire le moins de bruit qu'il lui serait possible.

— Il y a quelqu'un ici? demanda Frédéric.

— Oui, mais sois tranquille, c'est ma femme.

— Élisa?

— Toujours elle.

— Je suis rassuré.

— Courrais-tu quelque danger?

— S'il en était ainsi, crois-tu donc que je serais venu te le faire partager? ne te souvient-il plus que Frédéric peut tout risquer tant qu'il ne doit compromettre que lui seul, et que jamais il n'a exposé ses amis à ce qu'il brave chaque jour?

— Je le sais, Frédéric; mais pour le moment, c'est du repos, je pense, que tu as le plus besoin.

— Tu as raison; mais, s'il faut parler franchement, je mangerais volontiers un morceau et je boirais avec plaisir quelques verres de vin.

— Ainsi, tu as faim, soif et sommeil, trois maladies qui ne sont dangereuses que quand on ne peut pas les satisfaire.

— C'est cela même, mon cher! as-tu du vin ici?

— Quelle question!

— Pardonne, si je t'ai blessé.

— Buvons, buvons.

Et plusieurs bouteilles furent tour-
à-tour débouchées et vidées.

La conversation devenait plus ani-
mée à mesure que les vapeurs du vin
montaient à la tête des deux amis.

— Mais, dit tout-à-coup Charles, je
n'y avais pas songé d'abord : qu'as-tu
donc fait d'Adèle?

— Je l'ai laissée à Rouen.

— Vous êtes brouillés peut-être?

— Ah! oui, brouillés! est-ce que
nous pouvons nous brouiller jamais?
c'est maintenant à la vie et à la mort
entre nous.

— Vraiment!

— Foi de... ton ami...

— Eh bien! franchement, je n'au-

rais pas cru qu'une femme fût capable
de te fixer.

— Ah ! minute, minute, entendons-
nous : Adèle est une bonne fille. Dans
plus d'une circonstance elle m'a prouvé
qu'elle m'aimait, que je pouvais compter sur elle, et tu penses que, dans le
métier que je fais, c'est une chose pré-
cieuse que d'avoir quelqu'un sur lequel on puisse se reposer.

— Et tu peux t'en rapporter à elle ?

— Comme à moi-même.

— Diable de métier que celui que
tu as embrassé !...

— Que veux-tu ?

— Frédéric ! si j'étais toi, je le laisserais là... tu as plus d'une corde à
ton arc, ce ne serait plus celle-là que
je ferais résonner.

— Laissons cela, Charles, et par-
lons d'autre chose : tu sais que je n'aime

pas que l'on touche cette corde-là,
puisque corde il y a.

—Soit, mais j'entends Élisa qui s'é-
veille... veux-tu que je lui fasse part
de ton arrivée?

—J'aurais autant aimé que, jusqu'à
nouvel ordre, toi seul en fusses informé; mais, puisque nous ne pouvons
pas faire autrement, mettons-la dans
la confidence.

— Vas-y toi-même.

— Tu as raison.

Et une voix féminine ayant appelé
Charles, Frédéric répondit en se présentant lui-même:

— Me voilà! que veux-tu?

Élisa connaissait bien Frédéric... autrefois même une liaison étroite avait
existé entre eux; mais plusieurs années
s'étaient écoulées depuis leur rupture
et leur dernière entrevue.

Elle ne le reconnaissait pas et restait étonnée de voir à cette heure un étranger paraître dans sa chambre. Enfin elle se rappela ses traits et né témoigna pas moins de joie de le revoir que ne l'avait fait Charles.

Il fallut bien faire encore quelques sacrifices à Bacchus.

Élisa n'y paraissait pas moins disposée que ces messieurs, et plusieurs bouteilles furent vidées; ce fut aux dépens de la raison des trois amis. Ils n'en conservaient pas beaucoup lorsque Frédéric dit à Charles :

— Sais-tu bien, toi, que j'ai de grands reproches à te faire et que c'est en partie le sujet de mon voyage à Paris ?

— Des reproches à moi !

— Oui, oui, des reproches. Tu m'avais promis de me tenir au courant

des faits et gestes du beau-père... l'as-
tu fait?

— Je te trouve plaisant, par exem-
ple!... est-ce là le seul motif que tu
aies pour me faire des reproches?

— Mais il me semble...

— En ce cas, mon cher, je te con-
seille d'en chercher un autre ; car il
n'y a pas matière.

— Et pourquoi donc, s'il vous plaît?

— Parce que c'est ta faute et non la
mienne si notre correspondance a été
interrompue.

— Comment cela?

— Je t'ai écrit deux ou trois fois à
Lyon sans recevoir de réponse. J'ai
appris, par voie indirecte, que tu avais
été forcé de le quitter subitement. Tu
ne m'as plus donné de tes nouvelles :
est-ce que je pouvais deviner ce que
tu étais devenu?

— C'est juste.

— En vérité, tu es un drôle de corps.

— C'est juste, te dis-je, eh bien ! tu sauras que j'ai été faire un petit voyage en Italie.

— Mon Dieu ! s'écria Élisa, que cette Adèle est heureuse ! que j'aimerais à voyager ainsi !

— J'y ai beaucoup gagné d'argent, reprit Frédéric, et je m'y serais volontiers fixé ; mais ne voilà-t-il pas qu'un beau matin je me trouve talonné par une irrésistible envie de revoir mon pays. Tu me connais, tu sais qu'avec moi du projet à l'exécution il n'y jamais loin.... crac ! en deux coups de temps les paquets sont faits, et, bien malgré Adèle, nous voilà tous deux sur la route de France.

J'étais en fonds et je pensais à la belle figure que je ferais à Paris, lors-

qu'en traversant les Alpes nous fûmes
arrêtés par une bande de voleurs qui
se mirent en devoir de nous débarras-
ser de notre argent et de notre bagage.
J'eus beau leur dire que les loups du
bois ne se mangeaient pas, et qu'en
France nous avions plus d'égards les
uns pour les autres, ils ne m'en déva-
lisèrent pas moins, et je ne pus sous-
traire à leur rapacité qu'un rouleau de
louis que je glissai adroitement dans
une de mes bottes. Cette aventure
me parut d'un si mauvais augure que
je fus sur le point de rebrousser chemin : je rejetai cette crainte comme
une pusillanimité indigne de moi et
je continuai ma route.

Ce malheur fut le seul que nous
eûmes à essuyer ; le reste du voyage
fut aussi heureux que le commence-
ment avait été malencontreux.

Je fus à Marseille, où je réparai en peu de temps les pertes que m'avaient fait éprouver nos malappris confrères des montagnes.

Nous quittâmes la capitale de la Provence pour nous rendre à Bordeaux, où je n'étais pas allé et que j'étais bien aise de visiter un peu. Nous y fûmes faire une apparition. Je n'eus pas à m'en plaindre : reste à savoir si messieurs de Gascogne en disent autant de moi.

De là nous vînmes droit à Rouen, cette ville favorite des Normands; c'est là qu'il me fallut user de tous mes petits talens pour faire quelque chose, car tu sais qu'un vieux proverbe dit :

Fin contre fin, mauvaise doublure.

Cependant, en usant de tous mes moyens, je parvins à faire quelque

chose. La place, s'il faut en convenir,
est même assez bonne: nous y sommes
depuis deux mois. Je ne viens ici que
pour complaire à ma femme, qui veut
absolument savoir des nouvelles du
beau-père, et n'ose pas, la pauvre
petite qu'elle est, en venir chercher
elle-même.

Élisa s'était endormie pendant ce
long récit; Frédéric s'était un peu dé-
grisé en le faisant; Charles, qui avait
conservé assez de sang-froid, lui répondit:

— Il m'est impossible, mon cher
ami, de te donner des nouvelles très-
récentes du beau-père, comme il te
convient de l'appeler. Je ne prenais de
renseignement sur lui que pour toi;
car, pour mon compte personnel, peu
m'importe ses faits et gestes: il y a donc
long-temps que je ne m'en suis infor-

mé.... Tout ce qué je sais, mon pauvre garçon, c'est que la jeune fille qu'il a adoptée et les siens sont toujours chez lui, et que leur crédit s'y augmente chaque jour ; ils y commandent en maîtres, et je ne serais pas surpris que, d'ici à quelque temps, le seigneur du lieu ne fût leur très-humble serviteur.

— Bah !

— La petite est jolie.

— Et le beau-père ?

— Assez vieux pour être amoureux.

— Charles, il faut savoir au juste ce qui se passe chez lui.

— Aujourd'hui même, je peux t'en fournir des nouvelles et des plus récentes. Tu te souviens de Firmin, le maître de musique.

— Parfaitement.

— Eh bien ! c'est lui qui est le maître de la petite.

— Comment, on lui donne des maîtres de musique !

— Mais elle en a de toute espèse.

— Oh ! oh !

— Il l'élève de manière à faire croire qu'elle est sa propre fille.

— Mais à la fin, tout ce que tu me dis m'inquiète : il y aurait donc à craindre de voir le vieux faire quelque sottise ; s'il allait déshériter Adèle ?

— Ma foi, mon cher, s'il faut te parler franchement, je crains beaucoup pour elle, je te l'avoue.

— Mais, écoute donc, sais-tu que cela ne ferait pas du tout mon compte. Tu dois bien penser, toi qui me connais, que si je me suis pendant aussi long-temps affroqué de la fille, c'est que je convoitais un peu l'héritage du père.

Autrement, crois-tu donc que je me
serais astreint à mener une vie d'homme
marié... Ah! comme ça m'aurait été
sans cela, à moi, une vie d'homme
marié... c'est que ce n'est pas toutes
roses, va, mon cher, que d'avoir une
femme à soi.

— J'en sais quelque chose.

— Toi, c'est bien différent... mais,
moi, je sors de la classe ordinaire....
avec ma profession, je peux être privé
de la liberté d'un moment à l'autre...
pendant que je l'ai; je devrais donc en
jouir... et voilà justement ce que je ne
peux pas faire comme je le voudrais.

— Adèle est tant soit peu jalouse.

— Jalouse à l'excès... et il y a des
momens où je suis tenté de la planter
là; mais la succession du père me tient
au cœur... Si je la voyais m'échapper,
ma foi je ferais une drôle de mine et

tu conviendras que ce ne serait pas
sans sujet.

— C'est vrai!

— Réunissons donc nos efforts, mon
cher Charles, pour que cette fortune
ne nous échappe pas. Si jamais je la
pince, sois tranquille; ta part ne sera
pas la plus faible.

— Je te crois; mais pour le moment,
ce que nous avons de mieux à faire,
c'est de prendre quelques instans de
repos. Toi, surtout, tu dois en avoir
besoin; et tiens, regarde, voilà Élisa qui
recommence sa nuit.

— Ton conseil est bon à suivre;
reste ici avec ta femme, et je vais aller
prendre possession de l'autre chambre.
Ah ça, motus sur mon séjour ici jusqu'à nouvel ordre, entends-tu? et re-
commande la même discrétion à Élisa
lorsqu'elle sera éveillée.

T. 1.   17

— Sois tranquille; tu sais qu'à cet égard il n'y a rien à craindre d'elle.

— Allons, tâche de trouver en dormant, ou avant de dormir, quelque expédient qui nous mette à même de conserver notre succession intacte.

— J'y penserai.

Et les deux amis se séparèrent pour quelques heures.

Frédéric était trop fatigué pour que ses craintes sur l'exhérédation de sa maîtresse pussent éloigner le sommeil.

Lorsqu'il s'éveilla, le soleil avait déjà fait plus des trois quarts de sa course journalière.

XIII.

Inquiétudes.

La crainte du mal est parfois plus difficile
à supporter que le mal lui-même.

MAXIME.

Colette avait eu les honneurs de la
soirée ; aucune jeune personne de
l'assemblée ne fut aussi complimentée,
aussi adulée qu'elle : aussi sa vanité

avait-elle complètement été satisfaite.

Jamais non plus elle ne s'était montrée aussi aimable, aussi prévenante avec M. Valmincourt, avec sa mère, avec son père lui-même, pour lequel, il faut l'avouer, elle avait plus de crainte que de tendresse.

Jamais non plus ce dernier n'avait montré un front aussi sévère, et la cause en était toute naturelle.

Nos deux douairières n'étaient pas les seules dont la jalousie avait été excitée par les succès de Colette; plusieurs autres avaient éprouvé le même sentiment, et, moins prudentes que celles dont nous avons relaté l'entretien, elles l'avaient assez hautement manifesté pour que les personnes qui les entouraient entendissent les calomnies et les médisances que leur dictait le dépit.

Malheureusement pour Hilaire, il se tenait près de celles qui se plaisaient le plus à répandre de tels propos, et pas un mot de ce qu'elles disaient ne lui échappa.

Vingt fois il fut sur le point de rompre le silence et de démentir les bruits absurdes qu'elles répandaient, mais la prudence le retint.

Il n'en souffrait pas moins.

Il voyait déjà se réaliser ainsi une partie de ses craintes.

Devait-il mettre M. Valmincourt au courant de ce qui se disait? Sans doute il en serait vivement peiné, et il en coûtait à Hilaire d'affliger un homme qui mettait tous ses soins à faire le bonheur de sa fillle, de sa femme et de lui-même.

Valmincourt, au contraire, qui ne savait rien, qui ne se doutait de rien, jouissait, sans aucun mélange de crainte ou de regrets, des succès de sa fille adoptive.

Mais ce succès même l'amenait à établir des comparaisons qui éveil- laient chez lui de pénibles souvenirs.

Il se rappelait alors malgré lui et sa femme et sa fille.

Sa femme, qu'une mort prématurée avait enlevée au printemps de sa vie ! sa femme, douée des plus précieuses qualités, aussi vertueuse que jolie, aussi bonne qu'aimable !

Sa fille pour laquelle il avait tout sacrifié ! sa fille qu'il idolâtrait, et qui, pour prix de tant de tendresse, l'avait abandonné, déshonoré !...

Ces amères pensées arrachaient des larmes au vieillard, et il cherchait à les repousser lorsqu'Hilaire se présenta devant lui. L'émotion de Valmincourt était trop profonde pour qu'il lui fût possible de la cacher. D'ailleurs, le secret qui l'oppressait devenait chaque jour un fardeau plus pesant; il n'était pas fâché de le déposer dans le sein d'un ami.

Et il rendait assez de justice à Hilaire pour savoir qu'il pouvait le considérer comme tel. Jamais cependant il n'avait été question entre eux d'Adèle Valmincourt; le malheureux père évitait de prononcer ce nom maudit. On ne révèle pas volontiers les torts de ceux que l'on a aimés, que l'on aime encore; surtout lorsqu'ils sont aussi graves que ceux de la coupable Adèle. Il semble que l'infamie dont se sont couverts les objets de notre affection doit rejaillir jusque sur nous.

Mais enfin, aux termes où il en était avec la famille Hilaire, il croyait pou-

voir lui confier ses chagrins et en
éprouvait le besoin; il était certain de
trouver dans ses consolations quelque adoucissement aux angoisses qui
déchiraient son cœur paternel.

Plusieurs fois l'ancien desservant
de Sainte-Nicole l'avait trouvé dans
l'état où il le voyait encore aujourd'hui,
et toujours il s'était discrètement retiré, attendant patiemment que son
bienfaiteur le jugeât digne de sa confiance. Il se retirait encore lorsqu'il
fut rappelé.

— Restez, Hilaire, restez, lui dit-il,
à moins cependant que la vue d'un
ami affligé ne vous soit importune.

— Ah, monsieur! vous ne le croyez
pas, j'en suis persuadé; vous savez bien,
au contraire, qu'aucun sacrifice ne
me coûterait s'il devait me procurer
les moyens d'alléger vos chagrins.

— Croyez-vous donc que votre amitié n'ait pas en partie atteint ce but depuis plusieurs années, mon cher Hilaire. Si je n'avais pas eu le bonheur de vous rencontrer, il y a long-temps que j'aurais cédé à la violence de mes peines.... oui, vous m'avez sauvé du désespoir. Je ne veux plus, je ne dois plus avoir de secrets pour vous; je veux, au contraire, que vous sachiez tout ce que j'ai souffert! Jamais personne n'a reçu de moi la triste confidence de mes chagrins, mais j'éprouve enfin le besoin de les déposer dans le sein d'un ami.

Je dois aussi m'aider des conseils d'un homme probe et impartial dans la conduite qui me reste à tenir, et la plus grande preuve d'estime que je puisse vous donner, c'est de m'en rapporter aveuglément à votre avis sur ce

que je dois faire lorsque vous m'aurez
entendu.

Et Hilaire aussi aurait eu une confidence à faire à M. Valmincourt : il
venait même dans cette intention ;
mais il sentit que le moment n'était pas
opportun, et il en attendit un plus
propre pour faire part au père adoptif
de Colette de l'effet que produisaient
sur le monde les bontés dont il la com-
blait. Il lui témoigna donc seulement
combien il était sensible à la nouvelle
preuve de confiance qu'il lui accordait,
et, après plusieurs phrases obligeantes
échangées entre eux, ce fut sur Adèle
que tomba l'entretien.

XIV.

Adèle.

Et leur souffle impur a terni
la rose !

Lord-Biron.

— Mon père, dit Valmincourt, qui
me destinait au commerce, me donna
l'éducation convenable à la carrière
que je devais embrasser, et m'envoya

fort jeune à Paris, aussitôt qu'il jugea que j'en savais assez pour faire un bon négociant.

Je fus placé chez un de ses amis, vieux célibataire, qui, laborieux comme on ne l'est pas à vingt ans, restait dans les affaires, quoique, depuis près d'un demi-siècle, sa fortune fût consolidée.

M. Arnould (c'était le nom de cet homme estimable) se plaisait à former des sujets, à les établir, à diriger leur maison, et il était rare que ceux qui voulaient suivre ses conseils, ne se trouvassent pas bientôt dans une situation prospère. Le bon Arnould jouissait alors de son ouvrage : c'était l'unique plaisir qu'il se permît.

Avant que j'eusse fini mon apprentissage, des malheurs inouis vinrent fondre sur ma famille.

Mon père, après une lutte aussi longue qu'opiniâtre avec l'adversité qui pesait sur lui, se trouva complètement ruiné. Le chagrin qu'il éprouva de la perte de sa fortune fut tel qu'un sombre désespoir s'empara de lui, et il mourut.

Je n'avais alors que seize ans; j'étais fils unique : mon père l'était aussi, et ma mère, morte depuis long-temps, était étrangère.

Je n'avais en France que quelques parens fort éloignés qui n'avaient ni la volonté ni le pouvoir de rien faire pour moi.

Il ne me restait rien à prétendre à la succession de mon père : il n'y avait pas de quoi satisfaire les créanciers.

Je me trouvai enfin dépourvu de toutes ressources.

Ma situation était affreuse, je le sentais, et j'en étais vivement affecté.

M. Arnould me consola.

—Continuez, me dit-il, à vous conduire comme vous l'avez fait jusqu'à présent, et soyez certain que je ne vous abandonnerai pas.

Je savais que les promesses de cet homme généreux étaient sacrées ; je me sentis rassuré, et, travaillant avec zèle, je parvins à gagner et son estime et sa confiance.

Je restai chez lui jusqu'à l'âge de vingt ans. Satisfait de ma conduite, il me proposa de m'établir ; j'acceptai avec reconnaissance.

Il m'acheta un fonds. Trois ans après, il était rentré dans les avances qu'il m'avait faites, et j'étais marié.

Il fut le parrain de ma fille, et mourut peu de temps après, emportant les

regrets de tous ceux qui l'avaient
connu, et surtout les miens.

Bientôt, hélas! mon bonheur dispa-
rut; ma femme fut atteinte de la ma-
ladie qui la conduisit au tombeau.

Elle languit pendant trois ans; toutes les ressources de l'art furent épui-
sées pour lui conserver la vie : mes
soins, mes prières, mes larmes furent
également inutiles.

J'eus la douleur de la perdre.

J'adorais ma femme. Je me faisais
illusion sur son état : jusqu'au dernier
moment je m'étais flatté de pouvoir la
conserver, je ne croyais pas lui survi-
vre. Rien ne peut vous donner une
idée de mon désespoir : on craignit
long-temps pour ma vie et pour ma
raison.

Dois-je remercier le ciel de me les
avoir conservées ?

Enfin le temps usa mon chagrin; je consacrai ma vie à l'enfant que me laissait la plus regrettée des femmes.

On voulut me remarier; je rejetai toutes les propositions qui me furent faites à cet égard. Je ne vivais que pour ma fille, et j'espérais qu'un jour elle me serait toute dévouée comme je lui étais.

Ah! mon cher Hilaire..... combien j'ai été trompé!

J'étais déjà riche, la fortune m'avait secondé dans toutes mes entreprises. Je n'avais pas d'ambition pour moi-même, mais je voulais que mon Adèle brillât dans le monde.

Je ne négligeai rien pour son éducation; je lui donnai les meilleurs maîtres de la capitale, et mon orgueil paternel était flatté par les progrès rapides qu'elle faisait dans les arts et les sciences qui lui étaient enseignés.

Adèle paraissait avoir pour moi une tendresse aussi vive que celle que je lui portais, et j'étais aussi heureux que possible; je n'avais absolument rien à désirer du côté de la fortune. La mienne s'accroissait chaque jour; le succès le plus complet couronnait chacune de mes opérations commerciales.

J'avais une fille charmante et qui, j'avais lieu de l'espérer, allait réaliser tout ce que j'avais le droit d'attendre d'elle.

A peine avait-elle quinze ans que déjà sa main m'avait été demandée plusieurs fois. Son extrême jeunesse était le prétexte de mes refus, l'éloignement qu'elle témoignait pour le mariage le véritable motif. Elle ne pouvait, disait-elle, se résoudre à se séparer de moi. Je le croyais. Être aimé

de ma fille me rendait si heureux que
je ne pouvais douter de la sincérité de
sa tendresse!... Oh! l'idée de sa perfidie
était bien loin de mon âme!...

Tout-à-coup un changement, dont
tous ceux qui la connaissaient furent
frappés, s'opéra dans le caractère d'A-
dèle.

Jusqu'alors vive et légère comme on
l'est ordinairement à son âge, elle ne
témoignait ni soucis ni inquiétude.
Eh! qui, d'ailleurs, aurait pu lui en
susciter? ses moindres désirs étaient
des ordres pour moi et remplis aussitôt qu'énoncés.

Cependant elle devint triste, rêveuse;
tous les plaisirs que je lui procurais
pour tâcher de la distraire demeu-
raient sans effet. Elle passait dans son
appartement des journées entières

sans que qui que ce fût pût pénétrer auprès d'elle.

Cent fois je lui demandai avec les plus tendres instances quel était le motif de sa tristesse, elle éludait mes questions et ne leur fit jamais une réponse satisfaisante.

Malgré ce changement dont sa santé souffrait beaucoup, je n'avais pas à me plaindre d'elle; au contraire, ses prévenances pour moi étaient plus délicates que jamais, sa tendresse était plus expansive.

Rassuré par ces dehors trompeurs, je ne voulais pas trop m'appesantir sur ce que je ne regardais que comme un caprice de jeune fille, d'un moment à l'autre j'espérais lui voir reprendre sa gaîté. Tous ceux que je consultai à cet égard se trouvaient être de mon avis

Adèle avait alors dix-huit ans. Ayant en elle la confiance la plus illimitée, je n'avais jamais songé à observer ses démarches, et je ne lui en avais pas vu faire une seule qui pût exciter quelque reproche.

Je m'étais retiré des affaires : mes revenus avaient atteint le taux que je leur avais fixé. Je me bornais, pour ne pas rester dans l'oisiveté, à faire valoir quelques fonds à la Bourse. J'étais donc assez ordinairement absent de chez moi depuis midi jusqu'à quatre heures de relevée.

Je ne rentrais que pour dîner, et il arriva souvent que ma fille ne venait qu'après moi.

Il fallait être aveuglé comme je l'étais pour ne pas me prononcer contre cette irrégularité de conduite; mais je n'y faisais nulle attention.

Il y avait, au fond du jardin fort grand qui se trouvait derrière ma maison, une petite porte qui ouvrait sur une rue déserte pendant le jour et, par conséquent, bien moins fréquentée encore pendant la nuit.

Personne n'avait la clé de cette porte. Une vieille femme qui habitait une masure située dans la rue dont je vous ai parlé, dit un jour à un de mes domestiques, en venant chercher l'aumône que je lui faisais donner habituellement, qu'elle était presque sûre d'avoir vu, pendant la nuit précédente, un homme s'introduire furtivement dans le jardin par cette même porte. Elle avait inutilement veillé le reste de la nuit pour le voir sortir.

On vint de suite me répéter ce propos.

Je défendis expressément d'en rien

dire à ma fille dans la crainte de l'ef-
frayer, et je donnai sur-le-champ des
ordres pour que cette porte fût murée.

Adèle descendit au jardin au moment où les ouvriers étaient à l'œuvre.
Elle demanda de l'air le plus inquiet
ce qui avait pu donner lieu à une semblable mesure. On ne put la satisfaire.

Elle remonta chez elle et ne voulut
paraître ni au déjeuner ni au dîner.

Le lendemain, elle était d'une tristesse profonde, et je crus m'apercevoir
qu'elle avait versé des larmes. Je lui
en demanda le motif.

Elle prit, pour me répondre, un ton
qui ne lui était point habituel. Je lui
en témoignai mon mécontentement,
et une scène assez vive eut lieu.

De ce moment, le bonheur a fui
loin de moi. Chaque jour voyait se
renouveler, entre ma fille et moi, quel-

que nouvelle altercation. Faible que j'étais! je n'osais user de mes droits de père, et j'espérais encore ramener par la douceur un cœur que les passions éloignaient de moi!

A cette époque, un jeune homme riche, titré, libre de ses actions, et occupant au ministère de l'intérieur un des principaux emplois, demanda la main de ma fille. Cette alliance me paraissait offrir tant d'avantages que j'engageai fortement Adèle à bien réfléchir avant d'en rejeter la proposition.

Elle le fit cependant et avec aigreur. Elle n'avait aucun motif plausible à alléguer pour légitimer un refus.

Pour la première fois, quelques vagues soupçons me vinrent à l'esprit: j'eus l'imprudence de les manifester:

Deux jours après, ma fille avait fui le toit paternel.

Une lettre qu'elle laissa sur son se-
crétaire m'accusait de tyrannie, et je
fus forcé de reconnaître pour le plus
ingrat des enfans, celui dans lequel
je croyais trouver le soutien et la consolation de ma vieillesse.

Le mal que me fit une telle ingratitude ne peut ni se peindre ni se dé-
crire... Il me fut impossible de cacher
la cause de la disparition de ma fille,
et chacun sut bientôt qu'elle m'avait
abandonné pour suivre... qui? c'était
ce que tout le monde ignorait; car
personne ne lui connaissait d'intrigue
amoureuse avec qui que ce fût.

Le rapport de la vieille me revint
alors à l'esprit; je la fis venir, je la
questionnai, mais ses réponses ne
m'apprirent rien de plus que ce que
je savais déjà.

Je mis tout en œuvre pour découvrir les traces de la fugitive, et j'y parvins enfin.

Il eût cent fois mieux valu pour mon repos que je restasse dans l'incertitude où j'étais d'abord à cet égard.

—Mon cher Hilaire, que deviendriez-vous si vous appreniez que votre fille a tout abandonné pour se livrer à un homme.... à un misérable atteint déjà plusieurs fois par les lois.... prêt à l'être encore.... à.... Ce mot me coûte trop à prononcer.... vous devez me comprendre.

Il cachait son visage dans ses mains, versait des larmes amères, et Hilaire ne trouvait rien à lui dire pour le consoler.... Est-il donc des consolations pour une douleur si légitime ?

Après quelques instans de silence et d'accablement, Valmincourt reprit son récit en ces termes :

— Pour échapper à ma trop juste colère, les coupables quittèrent Paris; ils le pouvaient. Ma fille, avant de partir, n'avait pas rougi de me dérober une somme d'argent assez considérable et les diamans de sa mère. Jamais je ne me suis plaint à personne d'un aussi infâme procédé, et vous êtes le seul après moi qui en soyez informé.

Je jugeais par ce seul trait qu'elle était à jamais perdue pour moi. Combien il me causa de cruelles insomnies!

Je me décidai cependant à faire une tentative pour ramener cette malheureuse que je ne croyais qu'égarée.

Je parvins à savoir en quel endroit elle s'était retirée. Je lui écrivis et lui fis remettre une lettre par une personne sûre.

Croyez-vous, Hilaire, que ma lettre me fut renvoyée sans avoir été lue!

Ma fille, ma coupable fille, en avait seulement changé l'adresse et avait tracé la nouvelle de sa main.

Ma colère fut telle que je la maudis et que je fus prêt à livrer à la sévérité des lois, et cette ingrate et son complice.

Heureusement pour elle et pour moi que je ne me portai pas à cette extrémité ; je m'en serais trop repenti par la suite.

Il me semble qu'aussi indignement trahi par ma fille, je ne devais plus compter sur l'amitié de personne au monde ; je ne voulus plus voir dans mes semblables que des trompeurs et des traîtres.

Je résolus de m'en isoler.

Je renvoyai mes domestiques; j'as-
surai l'existence de ceux qui me sui-
vaient depuis long-temps. Je louai mon
hôtel, quittai Paris et me mis à parcourir la France dans tous les sens.

Vous l'avouerai-je! une pensée plus
forte que ma volonté, et que vous com-
prendrez sans doute, me guidait encore; il me restait l'espoir de rencontrer la coupable fugitive et de la ramener.

Avec quel bonheur je lui aurais ac-
cordé son pardon... si elle eût voulu
seulement descendre à me le demander!..

Je ne devais point voir mes vœux
exaucés; j'avais perdu ses traces, il me
fut impossible de les découvrir.

Cependant je parvins à savoir de
leurs nouvelles. Un jeune homme que
j'avais autrefois employé en qualité de

commis voyageur, les rencontra et le hasard l'amena sur mes pas.

Depuis long-temps je l'avais perdu de vue; il ignorait et mon malheur et la faute de ma fille. Je n'avais point à rougir devant lui; je le revis avec plaisir.

Adèle lui avait dit être la femme de l'infâme ravisseur avec lequel il l'avait rencontrée. Ils se donnaient effectivement le titre d'époux et d'épouse, et vivaient comme tels.

Pour motiver son absence de Paris, elle dit à ce jeune homme que sa santé étant depuis long-temps dérangée, les médecins lui avaient recommandé de voyager, et que, pour se conformer à leurs ordonnances, elle se rendait dans le Midi, où elle devait passer l'été suivant.

Comme il devait prochainement revenir à Paris, il lui proposa de prendre ses commissions pour moi : elle le remercia en lui disant que de mon côté j'étais aussi en voyage et que je ne serais pas de retour dans la capitale avant quelques mois. Son but était, comme il est facile de le penser, de l'empêcher de me venir voir.

Je m'enquis de l'endroit où il avait rencontré Adèle, et je partis seul pour m'y rendre. Il n'y avait que quelques jours qu'elle l'avait quitté lorsque j'y arrivai.

J'appris là qu'elle allait à Rouen; mais qu'auparavant elle séjournerait un peu à Mortagne pour aller voir les ruines de l'abbaye de la Trappe qui se trouvent dans les environs.

Devais-je suivre ses traces ou l'abandonner? Je débattis long-temps sur la conduite que je devais tenir dans une telle circonstance; je me décidai à la poursuivre. C'était une dernière tentative que je voulais hasarder; si je ne réussissais pas, je renoncerais pour jamais à la sauver de l'abîme où elle s'était précipitée.

Je partis donc de Mortagne et m'égarai dans la forêt. Le reste vous est connu, mon cher Hilaire; il serait superflu de rien ajouter.

Voilà le sujet de mes chagrins. Croyez-vous maintenant qu'il soit possible d'en avoir de plus amers et qu'ils ne doivent pas durer autant que moi?

J'y trouve un grand adoucissement dans les témoignages d'amitié que je reçois de vous et de notre chère Colette; mais parfois aussi, vos consolations sont insuffisantes, et malgré moi le souvenir de ma fille excite mes larmes et mes regrets. Je n'envie pas votre

bonheur, mon cher Hilaire, je voudrais pouvoir y ajouter encore s'il était
possible; mais que je vous trouve heureux de ne pas avoir à redouter un
jour les tourmens qui me déchirent!

Hilaire poussa un profond soupir.
Il n'était pas aussi rassuré pour l'avenir que M. Valmincourt : le caractère de sa fille lui causait de graves
inquiétudes; mais était-ce à lui à les
faire partager à son bienfaiteur, à éveil-
ler ses soupçons ?

— Quant à Colette, reprit le malheureux père, j'ai concentré sur elle
toutes mes affections; son amitié me
paie avec usure de tout ce que je peux
faire pour elle. Je la rendrai riche, très-
riche, car je ne prétends pas que l'ingrate qui me coûte tant de larmes
jouisse un jour de la fortune que j'ai
acquise, et insulte encore à ma mé-

moire par le mauvais usage qu'elle en ferait.

— Vous m'avez jugé digne de votre confiance, et vous m'en avez donné la preuve en me faisant part du sujet de vos chagrins; vous avez, en outre, promis de diriger votre manière d'agir à l'égard de votre fille sur les conseils que vous attendez de mon amitié; ceux que je me permettrai de vous donner ne seront dictés que par ce sentiment.

— Ma résolution est prise; rien ne peut la faire changer.

— Le moment n'est pas propice pour entamer une discussion sur un pareil sujet. Le récit que vous venez de faire a dû rouvrir toutes les blessures de votre cœur, et il vous serait impossible de rien entendre en faveur de celle qui les a faites.

— Et que pourriez-vous dire en sa

faveur? qui oserait se charger de défendre une aussi mauvaise cause?

— Je ne prétends pas la justifier.

— Je vois où vous en voulez venir, Hilaire; vous craignez que dans le monde on ne vous accuse un jour d'avoir profité de l'amitié que j'avais pour vous et pour les vôtres pour vous faire enrichir au détriment de celle à laquelle ces biens devaient naturellement appartenir. Je vous proteste ici que j'aurais employé tel moyen que ce fût pour la frustrer dans les espérances qu'elle a pu concevoir à cet égard. Ma mort, qu'elle désire sans doute, ne servira pas à l'enrichir au moins, et peut-être regrettera - t - elle alors de n'avoir pas mieux su entendre ses intérêts. Quoi! j'aurais travaillé pendant quarante ans de ma vie pour enrichir une misérable dont la conduite me

déshonore, dont l'ingratitude abrége
mon existence, pour voir le fruit de
mes économies servir aux plaisirs d'un
homme qu'elle ne rougit pas d'avoir
pour époux, dont elle partage sans
doute, maintenant tous les vices!....
Non, oh non!. il n'en sera pas ainsi...
Laissez-moi libre, Hilaire; laissez-moi
agir comme je l'entendrai... L'usage
que je compte faire de mes richesses
est louable, et le monde, tout injuste
qu'il est, ne pourra trouver mauvais
que j'en aie disposé en faveur de ceux
à qui je dois la vie.

Contrarier Valmincourt n'eût servi
qu'à augmenter encore son exaspé-
ration déjà trop forte. Hilaire le sentit, et, pour faire diversion aux tristes
pensées dont il était accablé, il mit fin
à ce pénible entretien.

La présence de Colette vint rappeler

quelque sérénité sur le front de son
père adoptif; son affection pour elle,
toujours croissante, allait bientôt remplir le vide que la perte de sa fille avait
laissé dans son âme. Une idée, une
idée singulière s'était présentée à son
imagination; mais à peine s'y était-il
arrêté, il l'avait rejetée comme ridicule, impraticable; et cependant depuis quelque temps cette idée s'était
plusieurs fois reproduite.

Valmincourt ne la chassait plus avec
autant de rigueur que par le passé et
se disait quelquefois :

— S'il pouvait en être ainsi, je par-
viendrais à oublier entièrement ma
coupable fille !

Puis il reconnaissait lui-même qu'il
y aurait de la folie de sa part à nour-
rir un tel espoir. Dans d'autres momens il établissait des compensations,

il faisait des rapprochemens qui étaient tous en faveur de cette pensée sans cesse renaissante.

Attendons, se disait-il en lui-même, et peut-être me sera-t-il plus facile de réaliser cet espoir que je ne l'avais cru d'abord !

Il redoublait de soins auprès de Colette, et tout ce qui peut décider une femme à aimer il l'employait à être aimé d'elle. Il avait le droit d'espérer qu'il y réussirait. Les présens journaliers qu'elle recevait de lui devaient exciter sa reconnaissance, et comme ce sont en général ceux qui éprouvent le moins vivement ce doux sentiment qui en donnent le plus de preuves extérieures, la fille d'Hilaire en était prodigue envers son bienfaiteur. Tout ce qui pouvait le flatter ou lui plaire, elle s'en servait pour gagner

T. I. 20

de plus en plus son affection et sa confiance et maintenir l'empire qu'elle savait avoir sur lui.

Mais quelqu'un qui aurait voulu y
regarder de près aurait vu dans cette
affection plus de calcul que de véritable tendresse.

Des yeux clairvoyans l'avaient remarqué : ces yeux étaient ceux d'Hilaire. Il tremblait qu'un jour Valmincourt n'eût à établir un triste paral-
lèle entre sa fille et la sienne, mais il
était forcé au silence. Ses craintes n'eussent point été comprises, on les aurait
traitées de prévention injuste, Valmincourt plus que tout autre. Cependant,
qui plus que lui était intéressé à savoir
si elles étaient bien ou mal fondées!

Hilaire se taisait donc, mais il exa-
minait: toutes les fois qu'il croyait avoir
lieu de faire une observation, d'adres-

ser un reproche, il s'acquittait de ce devoir pénible, mais non publiquement, c'était seul avec sa fille qu'il lui donnait de sages avis et cherchait à corriger les incorrigibles défauts d'un mauvais naturel.

Colette, qui le redoutait plus que jamais, ne se plaignait cependant plus de sa sévérité, mais toute sa tendresse pour lui était éteinte. La crainte l'avait remplacée, et on est toujours disposé à haïr ceux que l'on craint.

FIN DU TOME PREMIER.

TABLE

DU PREMIER VOLUME.

—

SOUS PRESSE, DU MÊME AUTEUR :

UNE PREMIÈRE CAUSE,
ou
LE PRISONNIER POUR DETTES

LE RECÉLEUR.

L'AGENT DE CHANGE.

www.ingramcontent.com/pod-product-compliance
Lightning Source LLC
Chambersburg PA
CBHW061433030726
47503CB00005B/1392